AMOUREUX EN FUITE

PAS SOUS MA SURVEILLANCE
TOME UN

EBONY OATEN

ebook ISBN: 978-1-922486-95-0

print ISBN: 978-1-922486-96-7

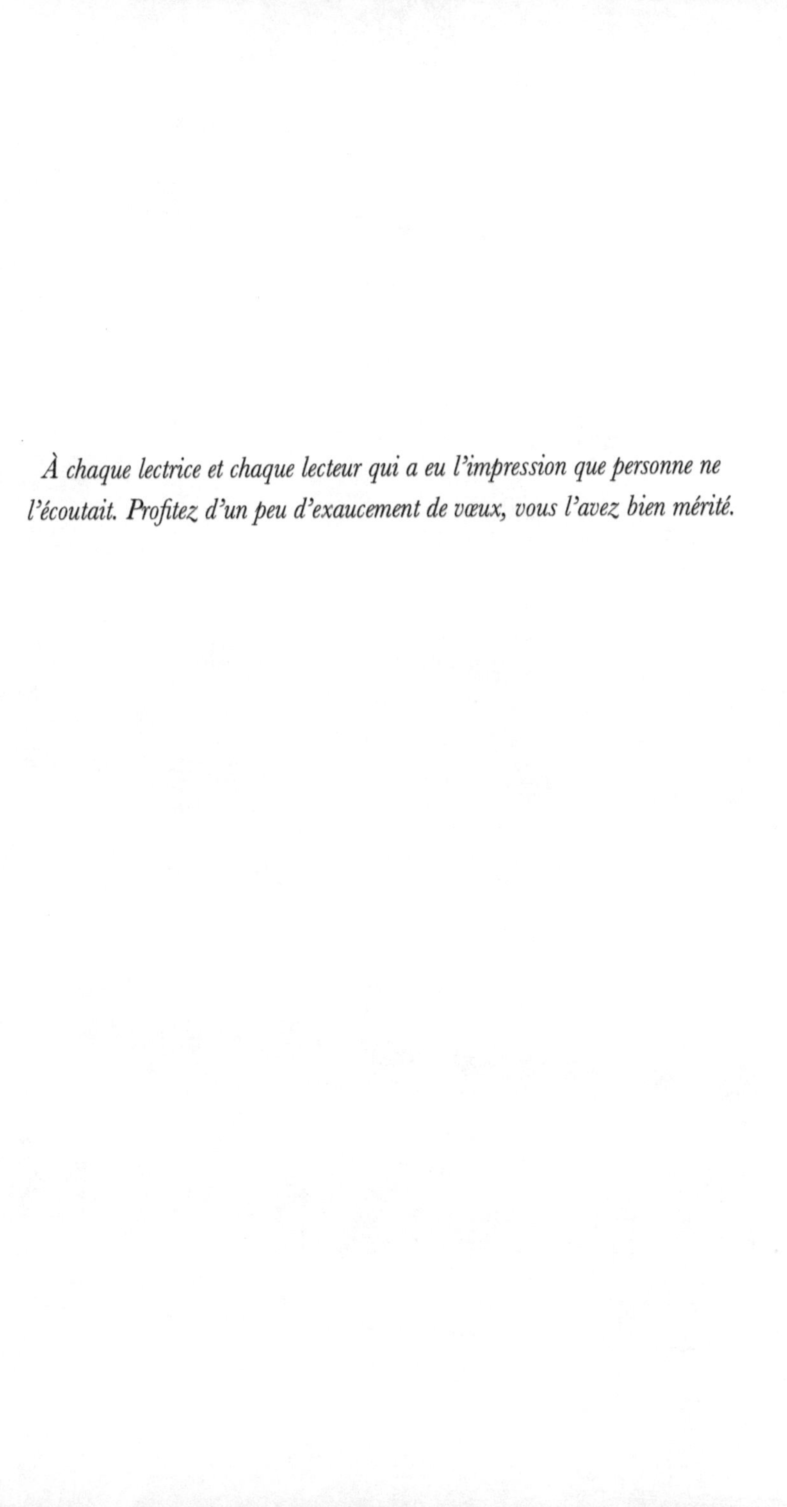

À chaque lectrice et chaque lecteur qui a eu l'impression que personne ne l'écoutait. Profitez d'un peu d'exaucement de vœux, vous l'avez bien mérité.

CHAPITRE I

DÉCEMBRE 1813

Newcastle, Angleterre

Des couteaux de glace lui entaillaient les joues tandis que l'honorable Edith Bromley s'avançait dans la nuit noire. Chaque pas l'éloignait un peu plus de Lammerton Hall et la rapprochait de sa tentative de liberté.

Dans ses bras, elle portait un sac tapissier bourré du strict nécessaire. Des objets qu'elle avait sous la main, mais pas tout ce dont elle pourrait vraiment avoir besoin.

Telle était la nature d'une fuite : il fallait saisir l'occasion quand elle se présentait. Et elle s'était présentée un quart d'heure plus tôt, quand Edith avait décidé d'emporter ce qu'elle pouvait et de s'échapper.

De lourds nuages étouffaient toute lumière possible de la lune. L'obscurité offrait des conditions parfaites pour filer sans être vue. Hélas, elle augmentait aussi les chances de partir dans la pire direction.

Son seul guide était le bruit de ses pieds qui crissaient sur le gravier de coquilles du sentier ; rien n'éclairait sa route. Tant que ses pas faisaient ce bruit sec, elle savait qu'elle se trouvait sur le chemin. Si ses pas clapotaient, cela voulait dire qu'elle s'écartait et errait dans les jardins.

Un coup d'œil en arrière lui a montré les fenêtres de Lammerton Hall, d'où rayonnait une douce lueur dorée. Pour qui ne connaissait pas les lieux, la maison paraissait chaleureuse et accueillante.

Elle savait bien que non.

De nouvelles rafales de grésil et de vent l'invitaient à renoncer et à regagner la tiédeur du manoir. Elle a repoussé de son visage des mèches trempées et les a coincées derrière son oreille. Un frisson glacé, qui n'avait rien à voir avec l'hiver, lui a parcouru l'échine à l'idée de fuir. Le mauvais temps ne la ferait pas changer d'avis, pas quand elle savait l'orage qui l'attendait entre ces murs si elle était restée.

Les fenêtres d'angle donnant sur les appartements du duc Valtravers diffusaient une lueur douce. À cette heure, il aurait dû dormir. Eh bien, il était couché, mais Edith savait qu'il était loin de sommeiller. Et il n'était certainement pas seul, à en juger par les ombres vacillantes sur les vitres.

Elle avait beau être jeune, elle n'était pas sotte. Edith n'avait pas attendu de ses fiançailles un grand amour — pas d'emblée —, mais elle avait au moins pensé que les fredaines de son futur mari ne reprendraient pas avant quelques mois. Peut-être un an. Comme elle avait été sotte de croire qu'il donnerait une chance à leur union avant de renouer avec ses façons lubriques.

Comme elle avait été sotte aussi de croire que ses parents écouteraient ses recommandations contre ce mariage.

Elle a poussé un profond soupir. C'était de la naïveté de sa part, mais elle avait tout de même espéré que les jeux de lit de son futur époux se passeraient avec *une seule* personne à la fois.

Et il aurait au moins pu avoir la décence de ne pas se conduire en viveur alors que les parents d'Edith logeaient sous le même toit !

Par les enfers. Elle avait tout essayé pour faire comprendre à sa mère combien cet arrangement serait impossible. Ses nombreuses tentatives s'étaient achevées sur le même refrain : « Tu seras duchesse ! »

Eh bien, elle ne serait pas duchesse du tout, car Edith a juré qu'elle ne serait pas au mariage.

Se tournant de nouveau vers l'obscurité, dans la direction où elle espérait trouver les écuries, Edith a continué d'avancer, à l'écoute du moindre bruit de chevaux.

Ils devraient marteler le sol, ou au moins hennir un peu. À sa grande contrariété, ils restaient d'un silence obstiné. L'un ou l'autre ne devrait-il pas souffler par les lèvres, à tout le moins ? Soit elle marchait dans la pire direction, soit les bêtes étaient bien au chaud et n'avaient aucune raison de faire le moindre bruit.

Elle aurait dû emporter une lanterne, mais c'était une fuite d'occasion et elle n'avait pas eu le temps d'en prendre une.

Enfin, l'odeur entêtante du fumier lui a chatouillé les narines. Cette senteur fraîche et mûre de projections familières était inconfondable. Les écuries devaient se trouver juste devant.

Une vive lueur dorée a surgi. Quelqu'un a ouvert une demi-porte latérale et a levé une lanterne.

D'une voix grave et inconnue, un homme a lancé : — Qui va là ?

Edith s'est figée. Si elle ne bougeait pas, on ne la verrait pas.

Elle a retenu son souffle et a compté, en essayant désespérément de rester immobile tandis que le vent la poussait à gauche et à droite.

— Je vous vois, a-t-il crié.

Fichtre. Les épaules d'Edith se sont affaissées.

— Vous jouez aux statues, alors ? a-t-il relancé.

Il avait un accent étrange qui ne ressemblait à aucun de ceux qu'elle avait entendus chez les domestiques de la maison.

Il était temps de faire front. — Tais-vous donc, a déclaré Edith. Elle avait bel et bien été vue, mais peut-être le palefrenier (car c'était sans doute ce qu'il était) ne connaissait-il pas son identité ?

Elle pouvait se faire passer pour une femme de chambre.

Ou pour quelqu'un qui s'était perdue.

Ou autre chose.

Il a ricané à sa réponse et a dit : — Je la fermerai dès que vous entrerez au chaud. Je ne vais pas rester planté ici toute la nuit à attraper la mort.

Il n'y avait guère de sens à rester dehors à geler, autant entrer dans les écuries. C'était de toute façon son plan, car c'était là que vivaient les chevaux, et elle avait besoin d'un cheval.

La lueur de la lanterne l'a guidée vers le bâtiment sec.

L'homme a ouvert la moitié inférieure de la porte et Edith s'est faufilée à travers l'ouverture. Un instant plus tard, il a refermé les deux battants derrière eux et elle s'est retrouvée dans l'intérieur aromatique et vaste d'une grande écurie. Le soulagement l'a envahie : elle avait trouvé le bon endroit.

Dedans, il faisait au moins dix degrés de plus. Ses épaules

se sont relâchées à ce répit. Un petit poêle à bois brûlait dans un espace dégagé au milieu du bâtiment, alors elle s'est avancée et a tendu les mains vers la chaleur. Quel luxe !

Le palefrenier a suspendu sa lanterne à un crochet voisin. Elle a alors pu voir à qui appartenait la voix qui l'avait tant taquinée. Il se tenait plus grand qu'elle d'une bonne demi-tête ; ébouriffé et mal peigné. Ses cheveux d'un brun sale contrastaient avec ses sourcils plus pâles, qui formaient deux lignes droites au-dessus de ses yeux. Il faisait trop sombre pour distinguer la couleur de ces derniers, ce qui n'avait aucune importance et elle n'aurait pas dû regarder. Sa tenue différait beaucoup de celle du personnel de maison de Lammerton Hall, ce qui le désignait comme jardinier ou palefrenier, ainsi qu'elle l'avait supposé. Un espoir a germé en elle : peut-être ignorait-il vraiment qui elle était. Cela aiderait grandement ses projets.

Sa meilleure chance était d'avoir l'air de trouver tout cela parfaitement normal.

— J'ai besoin d'un cheval et d'une voiture, a-t-elle commencé. Son Seigneurie souhaite partir à la première heure demain matin.

— Je vois, a-t-il répondu, sans bouger le moins du monde pour exécuter l'ordre.

Il restait là, les mains plantées sur les hanches, et ne bougeait absolument pas. Puis ses lèvres se sont étirées en un sourire narquois.

Il ne l'écoutait pas. Eh bien, c'était à prévoir. Ses parents ne l'écoutaient pas ; pourquoi un inconnu le ferait-il ?

— Alors ? a tempêté Edith. Vous devriez vous en occuper. Son cœur battait à tout rompre dans sa poitrine et la tension lui brûlait les épaules.

— Vous n'avez pas l'air d'être d'ici, a-t-il dit, sans changer d'un iota de posture.

Lui non plus. Mais surtout, pourquoi n'obéissait-il pas ? Il continuait de la fixer, en attendant une sorte d'explication. — Je suis une arrivée… récente, mais cela ne vous regarde pas. Son Seigneurie sera fâché si sa voiture n'est pas prête.

— Du thé ? a-t-il demandé.

— Quoi ? a-t-elle répliqué.

Elle aurait dû être habituée à ce que les hommes ne l'écoutent pas, mais cela parvenait encore à la surprendre.

— Du thé. Vous avez l'air d'avoir besoin d'une boisson chaude. Je peux y mettre un peu de ce qu'il faut si vous voulez.

Quel homme exaspérant ! — Je suis venue pour m'assurer…

— …Je ne crois pas que ce soit vrai, a-t-il poursuivi, posé et sûr de lui, sans bouger de sa place. Son accent s'épaississait avec l'assurance. — Voyez-vous, si Son Seigneurie voulait un cheval et tout le tralala, il enverrait un de ses valets de pied donner les instructions, pas une jeune fille portant ce sac tapissier comme si elle cherchait à se sauver.

Edith a laissé tomber son sac et a soufflé d'agacement.

Il était temps de changer de tactique. — Excellent, vous avez réussi l'épreuve, dit Edith. — Sa Seigneurie a besoin de gens qui lui sont fidèles, et je me ferai une joie d'en faire état la prochaine fois que nous nous verrons.

L'homme a simplement hoché la tête.

Ses épaules se sont soulevées d'un rire silencieux. — Allons, ma fille. Tu crois que je suis né de la dernière pluie ? Si je ne me trompais pas, je dirais que t'es la nouvelle mariée qui a vu c'qui se trame dans le hall et qui compte filer avant les noces.

Zut, il a vu juste.

— Cela n'a aucune importance. Edith avait l'intention de quitter le domaine. — Je prendrai n'importe quel moyen de transport, une voiture ou même un cheval seul. Je me moque qu'il soit sellé ou non. Je refuse de passer une minute de plus sous le même toit que ce misérable… *vaurien*. Elle a soufflé de nouveau, indifférente au fait qu'il a deviné qui elle était.

Il n'a toujours pas bougé.

Elle a serré les dents et a jeté les mains en avant, furieuse. — Très bien ! Je peux payer.

Il a fait un pas en avant. — Combien ?

À présent, il écoutait ? Elle s'en voulait de ne pas lui avoir proposé de l'argent plus tôt ; elle était peut-être déjà en route.

— Plus que ce que va vous rapporter le fait d'aller me dénoncer à Sa Seigneurie, mais je ne veux pas perdre une minute de plus. Soit vous m'aidez, soit vous vous écartez.

L'homme a secoué la tête, puis il a reculé. D'un geste, il l'a guidée vers l'un des chevaux dans son box. — Il vous faudra une selle à l'amazone, sinon vous aurez les pires frottements de la chrétienté.

— Ha ! Edith a ramassé une poignée de jupe et l'a soulevée pour montrer le bas de ses jambes. À présent, c'était à lui d'être pris de court quand il a aperçu la culotte qu'elle portait dessous.

Il a affiché un sourire radieux, ravi de la surprise. — Vous comptez vous faire passer pour un gentleman ?

Edith a secoué la tête. — Je compte surtout rester au chaud et éviter les frottements à cheval. Alors, ce sera seulement un cheval ou il y a un carrosse que je peux prendre ?

Il a ri de bon cœur, mais sans méchanceté, ni à ses dépens. Il paraissait toutefois un peu ennuyé d'annoncer une mauvaise nouvelle. — Hélas, les voitures sont chez le charron pour être préparées pour les invités du mariage. Laissez-moi mettre des couvertures aux chevaux pour qu'*eux* ne meurent pas de froid.

Quelques minutes plus tard, il a sellé pour elle un bel hongre alezan. Elle a remonté ses jupes et les a coincées dans le haut de sa culotte, ce qui a fait gonfler le tissu de façon ridicule. De son sac de voyage en tapisserie, elle a tiré un manteau de voyage élimé, l'a enfilé, puis elle a cherché quelque chose sur quoi prendre appui pour monter en selle.

— Minute, a-t-il dit. Je vais préparer l'autre.

— Pourquoi ? Il ne me faut qu'un cheval, a-t-elle dit.

— Eh oui, c'est pour moi. Je viens avec vous.

Cela ne lui plaisait pas du tout. — Je n'ai pas besoin de chaperon, a-t-elle dit. Je suis une cavalière confirmée.

—Je n'en doute pas, mais vous avez parlé de paiement tout à l'heure, et j'ai bien l'intention d'être payé. Alors vous voyez, je vous accompagnerai jusqu'à ce que j'aie ma récompense.

CHAPITRE 2

Robbie Stewart a lancé à la dame un long regard évaluateur, des pieds jusqu'au sommet de sa tête coiffée d'un bonnet coûteux. Ses lèvres se sont incurvées quand une pensée d'une indécence choquante l'a pris par surprise. Ces Sassenachs savaient vraiment produire de superbes pouliches. Quel gâchis que celle-ci ne soit pas appréciée à sa juste valeur. L'idée de la voir partir seule à cheval n'avait aucun sens. Et pas seulement à cause de l'argent.

Il pouvait prendre son dû tout de suite et ne plus jamais la revoir. Mais une fille seule dans cette partie de l'Angleterre n'avait aucune chance.

Robbie ne travaillait pas à Lammerton Hall depuis long-temps. Tout bien considéré, son absence ne se remarquait pas.

La sienne, si. Et celle des chevaux aussi. Il devait s'assurer qu'elle s'enfuyait saine et sauve pour qu'il ne lui arrive rien. La seule façon d'y parvenir était de voyager avec elle.

C'était difficile d'y voir clair, mais une chose était sûre : s'il faisait ce qu'elle demandait, on le traitait de voleur de chevaux.

S'ils l'attrapaient, on le pendait pour ça.

Ce qui signifiait qu'il devait s'assurer de ne jamais se faire prendre.

La dame, frustrée, l'a regardé et a dit : — Je peux vous payer maintenant. Ensuite vous me laisserez tranquille.

— Non, a-t-il dit en secouant la tête. Si ça ne vous dérange pas, j'aime bien Cinnamon, là. S'il vous arrivait quoi que ce soit, ce serait votre affaire, mais je ne supporterais pas qu'il arrive quelque chose au cheval.

C'était sans doute mieux qu'il ne travaillait pas depuis long-temps à Lammerton Hall ; il n'était pas assez attaché à l'endroit pour qu'il lui manque. En revanche, les chevaux lui manquaient ; ils étaient adorables.

La dame a serré les dents et a dit : — Très bien. On peut y aller maintenant ?

Ça l'amusait de la voir décontenancée. Ses joues étaient si jolies ! Tout bien considéré, il valait mieux jouer le jeu — et toucher son paiement — jusqu'au moment où il pouvait ramener sain et sauf le précieux bétail à la maison avant que quiconque ne s'en aperçoive.

Avec un soupir, il a accepté la folle mission sur laquelle il se trouvait désormais.

— Passez devant, a-t-il dit, en enfourchant sa monture avec élégance, prêt à partir.

Elle a affirmé qu'elle était une excellente cavalière, mais à cet instant elle avait du mal à mettre le pied à l'étrier.

Il n'a pas ri, non, il n'a pas ri. À la place, il a glissé à bas de sa monture, une douce jument nommée Magistrate, et il s'est avancé vers la fugitive. Elle a secoué la tête et a poussé un profond soupir, puis elle a fouillé une poche et a trouvé une pièce d'un shilling pour lui. Il l'a empochée, puis il a joint ses mains en coupe pour qu'elle puisse prendre appui et se hisser en selle.

Bientôt, il a conduit les chevaux hors de l'écurie et a reçu en récompense une gifle de grésil en plein visage. Il est remonté sur Magistrate et a tiré son manteau bien serré sur ses épaules.

La nuit s'annonçait longue, froide et misérable.

Il s'est demandé un instant s'il devait emporter la lanterne. Elle leur facilitait le trajet, mais elle risquait aussi de les faire repérer dans la nuit. Remarquez, qui d'autre que des vauriens traînait sur les routes par un temps pareil ?

Il faisait un froid mordant sur sa monture. Robbie se sentait affreusement coupable d'avoir sorti Cinnamon et Magistrate par une nuit pareille. Mais soit il accompagnait la dame dans cette folle équipée, soit il craignait que la jeune femme périsse misérablement en entraînant Cinnamon avec elle.

Peut-être que cette nouvelle aventure était une sorte d'épreuve de loyauté, à cause de ses origines au nord de la frontière et de la méfiance des gens d'ici envers les Écossais ? Tout était possible, et il gardait l'esprit en alerte pour s'assurer qu'elle finissait par lui raconter toute son histoire.

Quelqu'un claquait des dents, et ce n'étaient pas les siennes.

— Vous êtes gelée, a-t-il dit.

— Ça ira, a-t-elle dit. Sa voix sonnait cassante pendant qu'elle chevauchait à ses côtés.

Les chevaux étaient calmes, leur allure lente et régulière. Une heure plus tôt, il était au chaud dans les écuries, au service de la noblesse anglaise. Maintenant, il menait une femme inconnue qui n'était peut-être pas ce qu'elle prétendait, dans une lente fuite vers la liberté par une nuit d'hiver sombre et misérable.

Tout cela sentait la catastrophe.

— Comment vous appelez-vous, et d'où venez-vous ?

— Edith Bromley.

Ainsi, elle était la nouvelle épouse de milord !

— Et des bottes fourrées ne seraient pas de refus, maintenant que vous le dites.

— Hein ? Il s'est étonné de sa réponse.

— Vous avez parlé de « bottes fourrées », a-t-elle dit.

Il a compris. — Mademoiselle Bromley, j'ai demandé d'où vous venez. « D'où », a-t-il articulé en appuyant sur le mot, ce qui pouvait presque sonner comme « bottes fourrées » pour qui n'était pas habitué à son accent.

— Dommage, a-t-elle dit. Je pensais que vous en aviez une paire de rechange.

Il a secoué la tête. Ces gens-là semblaient décidés à le mal comprendre à chaque détour, alors que son anglais était excellent !

— Au fait, je m'appelle Robert Stewart, mais tout le monde m'appelle Robbie. Le vent hurlait dans ses cheveux et se glissait sous son manteau, raidissant les muscles de sa nuque comme du bois.

— Enchantée de faire votre connaissance, a-t-elle dit entre ses dents serrées.

— On devrait chercher une grange pour s'abriter. Attendre que ce vent se lasse, puis repartir au matin, a-t-il dit. Dans l'obscurité, il distinguait à peine sa silhouette. Elle et Cinnamon formaient une masse sombre qui bougeait dans un néant noir d'encre.

— S'il fait trop froid pour vous, vous pouvez rebrousser chemin, a-t-elle dit.

— Et rater tout ce plaisir ? Je n'ai aucune intention de rebrousser chemin.

— Moi non plus, a-t-elle dit. — Y aura-t-il des bornes le long du chemin ? Je les ai cherchées.

Robbie surveillait lui aussi les bornes, mais il n'en voyait aucune. Il était difficile de distinguer grand-chose dans la pénombre. — On finira par rejoindre la route du nord à un moment donné, il devrait y avoir des bornes après ça.

— Bien. Je veux passer la frontière.

Elle n'avait soit aucune idée d'où elle se trouvait, soit elle surestimait gravement son habileté à cheval. Et les capacités de sa monture.

— Vous n'y arriverez pas cette nuit, la frontière est à près de 100 kilomètres.

Elle n'a pas répondu tout de suite. Le vent hurlait encore et du grésil fouettait les yeux de Robbie.

Finalement, a-t-elle dit : — Eh bien, si c'est si loin, je ne m'arrêterai pas pour perdre du temps.

Cette femme était folle, vraiment. Ce serait l'enfer pour les chevaux d'essayer de les pousser ne serait-ce que jusqu'à la moitié de cette distance sans les faire se reposer plusieurs fois. Il a resserré son manteau autour du cou. Il faisait un temps épouvantable ici, et cela devait être pire encore pour les bêtes. — Votre plan, c'est de chevaucher jusqu'au bout ?

Les pauvres chevaux !

— Peut-être. Ou alors j'irai jusqu'au port et j'embarquerai sur le premier navire qui voudra bien de moi.

— Pour aller où ?

Elle n'a rien dit pendant un moment. Le vent est tombé et ils entendaient les sabots des chevaux sur le sol.

— Je me fiche d'où j'irai, a-t-elle dit. — Tant que c'est loin de Valtravers.

Ça ressemblait à un plan déplorable. — Naviguer ? À cette époque de l'année ? Vous allez vous faire réduire en miettes. Et encore, si vous ne mourez pas de froid.

— Je prendrai le risque, a-t-elle dit, la voix bravache.

— Dans ce cas, je ramènerai les chevaux, a-t-il répondu.

Elle a ri vers le ciel nocturne. — Je n'aurais jamais l'idée d'emmener le cheval à bord. Bien trop dangereux pour lui.

À cette pensée, une pointe de bienveillance l'a réchauffé. — C'est la première chose sensée que vous dites de toute la nuit. La jeune femme avait peut-être de la témérité et une envie folle d'échapper à son maître par une nuit d'hiver noire et glacée, mais au moins elle savait ne pas être cruelle avec les animaux.

Peut-être qu'elle n'était pas complètement folle, comme il le pensait au début.

Robbie a soupiré et a fait bouger ses mains pour y faire revenir le sang. — On va mettre quelques kilomètres de plus entre nous et Lammerton Hall, mais il faudra laisser les chevaux se reposer. Je guetterai une grange.

Même si sa mâchoire lui faisait mal à force de la serrer pour empêcher le claquement de ses dents, Edith avait envie de crier de joie. Elle s'est retournée sur sa selle pour regarder en arrière, mais elle ne voyait rien dans la pénombre. Ni les lumières de Lammerton Hall, ni la moindre trace de poursuite.

Il était bien trop tôt pour célébrer sa fuite, mais son cœur battait comme un tambour contre ses côtes, dans une jubilation anticipée.

Elle s'éloignait de Valtravers. À chaque clop-clop des sabots sous elle, elle s'éloignait de son ancien destin et se rapprochait d'une nouvelle vie.

Elle n'avait aucune idée de ce que pourrait être cette nouvelle vie, mais elle devait valoir mieux que l'avenir prévu avec Valtravers.

Ses parents ont conclu la pire alliance possible avec le duc, dont la réputation était si sinistre que même Edith en a entendu parler.

Les gazettes n'ont pas donné son nom directement, bien sûr, mais elles ont mentionné les penchants scandaleux d'un certain duc célibataire et elle savait que ça ne pouvait être que lui.

Le nombre actuel de ducs non mariés dans les îles Britanniques se comptait plus ou moins sur les doigts d'une main. Et ils étaient encore moins nombreux à commencer par « V ».

L'homme avait une triste renommée dans toute l'Angleterre. Edith a supplié ses parents de reconsidérer, mais ils n'en démordaient pas. Des semaines de supplications, d'explications et d'arguments n'ont servi à rien, car ils tenaient plus que tout à faire de leur fille une duchesse.

Même des torrents de larmes se sont révélés inefficaces.

Les mots de son père, « *Le mariage est une décision bien trop importante pour être laissée aux futurs époux* », résonnaient dans ses oreilles. Beurk ! Quel dommage... Ils n'ont pas écouté !

Pourquoi devait-elle avoir des parents aussi rétrogrades ? On était en mille huit cent treize, tout de même !

Dans tout cela, son unique plan de secours, c'était d'avoir prévu une culotte. En ce moment, cette culotte lui sauvait la mise ! Hélas, elle la réchauffait à peine.

L'idée de trouver refuge dans une grange lui plaisait. Personne ne les suivait, elle n'entendait aucun bruit de poursuite.

Mais il n'y avait rien d'autre à entendre sur la route que le vent qui tourbillonnait quand il se levait, et le bruit des sabots de Cinnamon et de Magistrate sur le sol.

Les pauvres bêtes devaient avoir si froid, pensait Edith. Elle était certaine que ses propres jambes avaient des pieds au bout, mais elle ne les sentait plus pour s'en assurer.

— Peut-être qu'on devrait trouver une grange, a-t-elle dit à voix haute.

— Excellent, a répondu Robert. — Je ne sens plus mes mains.

— Je ne sens plus mes pieds non plus, a-t-elle avoué bien trop vite.

Et si elle avait des engelures ? Elle a entendu dire que ça pouvait arriver.

— Oui, moi aussi, je suis engourdi jusqu'aux genoux, parole d'honneur !

— Mes oreilles sont tombées il y a environ cinq kilomètres, a-t-elle ajouté pour plaisanter.

Ils ont tous les deux ri de la folie de leur situation. Il avait un rire grave, chaleureux, qui inspirait la camaraderie et... le confort. Encore méfiante à l'égard de son compagnon, elle se surprenait pourtant à s'adoucir envers lui. Il avait le rire d'un homme qui appréciait une bonne blague.

Pas le rire de dérision de son père, qui s'est moqué de ses arguments raisonnés pour ne pas épouser Valtravers. Ni le petit rire nerveux et condescendant de sa mère quand elle présentait des objections raisonnables et logiques.

L'esprit d'Edith s'engourdissait tandis qu'elle essayait de se rappeler le rire de Valtravers au cours des quelques jours depuis son arrivée au manoir avec sa famille.

Quelle pensée affreuse. Il n'a pas ri du tout.

— Mon père enverra sans aucun doute une battue, a-t-elle dit, rattrapée par la réalité. Ses chances d'atteindre la frontière étaient infimes, mais elle gardait espoir, car si elle abandonnait maintenant, elle n'y arriverait certainement pas.

Peut-être que, parce qu'elle a essayé de s'enfuir, Valtravers accepterait de la libérer de l'accord ?

— Oui, et le duc aussi, a dit son compagnon de route.

D'ici le matin, des magistrats et des mercenaires se joindraient sans doute aux recherches. Le palefrenier avait raison, ils devaient s'arrêter. Après tout, plus vite ils laisseront les chevaux se reposer, plus vite ils pourront reprendre la route. — Alors, on laisse les chevaux se reposer un peu, puis on repart à la première lueur ? a-t-elle proposé.

— Oui, a-t-il dit. — Je sais qu'il y a une grange par ici quelque part.

Il devait avoir des yeux de hibou. Edith ne distinguait rien dans ce paysage d'encre.

Ils ont continué d'avancer, ses épaules se crispant contre son cou sous l'effet du froid.

Après une autre heure misérable en selle, Robbie a fini par crier qu'il y avait une grange. — Là-bas.

Elle devait lui faire confiance, parce que dans l'obscurité elle n'avait pas la moindre idée de l'endroit.

La grange ne valait pas grand-chose, Robbie s'en est rendu compte, mais elle offrait une alternative au grésil et à la pluie horizontale dehors. Il ne voyait pas la fuite, mais il entendait sans se tromper le bruit caractéristique d'une fuite sur le côté. Tant qu'ils restaient loin de ce mur-là, ils resteraient au sec. Ou presque.

Des courants d'air hurlaient à travers les interstices du bois, ce qui faisait frissonner Robbie. La nuit ici s'annonçait misérable, et les chevaux ne lui diraient pas merci. Mais au moins, ils pouvaient se reposer.

Ils tâtonnaient dans l'obscurité tandis qu'il rassemblait de la vieille paille en un tas à peu près couchable.

— Je n'y vois rien du tout, a dit Lady Edith.

— J'vois pas beaucoup mieux moi non plus. Il a palpé les murs pour s'orienter, mais rien n'indiquait une lanterne accrochée à un crochet. — Vous n'auriez pas pensé à prendre une chandelle, par hasard ?

— Hélas, a-t-elle dit, ce qui a confirmé son soupçon.

Cette fois, tu t'es fourré dans de beaux draps, mon gars, se dit Robbie. Quel imbécile il a été de laisser cette femme prendre un cheval au milieu de la nuit. Évidemment, il l'a suivie pour s'assurer qu'il n'arriverait rien au cheval. Et s'il continuait à se le répéter, il finirait peut-être par y croire.

Ses mains sont tombées sur une étroite lucarne qui était ouverte aux intempéries. Il pouvait glisser son manteau dans l'entrebâillement, mais alors il se retrouverait sans chaleur. Cinnamon et Magistrate se tenaient l'un à côté de l'autre dans l'obscurité. Malins, ils se sont approprié le coin le plus sec.

Qu'ils le gardent, ils l'ont bien mérité. Il a trouvé lady Edith dans l'obscurité quand sa main est tombée sur son épaule.

— Désolé, je n'ai pas vu que vous étiez là, a-t-il dit.

— Ce n'est pas grave. Je crois que je vois mieux quand je ferme les yeux, a-t-elle dit. Sa voix sonnait comme si elle faisait contre mauvaise fortune bon cœur. Comme si c'était une joyeuse aventure. Pour elle, c'était sans doute le cas. Pour lui, il y aurait un lourd prix à payer.

À l'aube, des magistrats et des mercenaires fouilleraient toute l'Angleterre à la recherche de lady Edith.

Il devait trouver un moyen pour que ceux qui les chercheraient partent dans la mauvaise direction.

Il y a quelques mois, il a quitté la maison en quête d'une nouvelle vie et peut-être d'un peu d'aventure. Eh bien, c'était assurément une nouvelle vie, mais pas vraiment le genre d'aventure qu'il pensait vivre. Il aimait travailler avec les chevaux. C'étaient de beaux animaux et n'importe quel travail qui les concernait offrait un toit au-dessus de sa tête.

S'il avait voulu grelotter misérablement, il aurait très bien pu rester chez lui !

Entre deux hurlements du vent, il écoutait, à l'affût du bruit révélateur des autorités qui approchaient. Quelqu'un au manoir devait avoir remarqué que la fiancée du duc n'était plus là, à présent ?

Comment expliquerait-il jamais ses actes au duc ? La fiancée de cet homme s'est enfuie, et au lieu de l'arrêter ou de la remettre à son futur mari, Robbie a facilité sa fuite et est parti avec elle.

De leur point de vue, il n'a rien fait de moins qu'enlever la fiancée d'un duc et, par-dessus le marché, voler deux beaux chevaux.

Il n'y aurait aucun moyen de se justifier. Il aurait dû la garder au manoir.

Il aurait pu la soulever, la jeter sur son épaule et la ramener d'un bon pas là où était sa place. S'il avait fait ça, on lui aurait peut-être servi une ration supplémentaire de whisky pour la peine.

Ou décrocher une prime en étrennes le lendemain de Noël. Le lendemain de Noël n'était plus qu'à deux semaines. Mais non, il a jeté un coup d'œil à son visage bouleversé alors qu'elle essayait de lui donner des ordres, et il a eu pitié d'elle.

Ils n'ont pas dû aller à plus de cinq miles du manoir, ce qui voulait dire que la frontière — et leur seule vraie chance de sécurité — se trouvait encore à cinquante-cinq miles. Ce n'était pas juste pour Magistrate et Cinnamon de les pousser aussi loin par ce temps.

— On peut se reposer un peu, mais il faudra repartir à l'aube. Il a fait glisser sa main le long du mur rugueux et s'est guidé vers le bas pour s'accroupir par terre. — Ce n'est pas grand-chose, mais au moins c'est sec.

À côté de lui, il a senti plus qu'il n'a vu lady Edith s'abaisser au sol près de lui.

— Je ne pense pas que je pourrai dormir assise, a-t-elle dit.

— Moi non plus, mais au moins les chevaux peuvent se reposer. Encore quelques jours comme ça et vous serez capable de dormir debout, comme eux.

— Encore quelques jours ? Elle a laissé échapper un rire étrange qui s'est mué en toux. Puis il a entendu un reniflement.

Bon sang, elle pleurait, maintenant ? Elle a paru si sûre d'elle au début de la nuit.

— Vous allez bien ? a-t-il demandé.

Elle a reniflé bruyamment et, soudain, son corps a été secoué de frissons. Elle a repris encore quelques inspirations et elle s'est ressaisie.

Contre sa meilleure raison, il a passé un bras autour de ses épaules.

— Voilà, voilà, ne vous tracassez pas.

Pourquoi la rassurait-il ? C'était elle qui les a mis dans ce pétrin, au départ.

— Je ne pleure pas, a-t-elle marmonné.

Elle pleurait bel et bien, mais il n'allait pas exposer ses mensonges. Ils pouvaient bien être tous les deux dans de beaux draps, mais si elle avait eu aussi besoin de s'enfuir qu'elle le prétendait, il était content de veiller au moins à ce qu'elle ne s'attire pas d'autres ennuis.

Il a pris une grande inspiration et s'est raffermi. Si sa famille le voyait maintenant, elle rirait jusqu'à en perdre haleine. Robbie Stewart, en train de sauver une sotte Anglaise de son propre mariage. Quel crétin !

Sous l'odeur de cheval qui les entourait, il a perçu un parfum de citron dans ses cheveux. Cela a fait à son cerveau quelque chose qu'il ne comprenait pas.

— On va trouver quelque chose, a-t-il dit, l'esprit en ébullition à chercher des solutions à leurs terribles problèmes.

Elle a eu un nouveau frisson. Il a attendu en silence une nouvelle vague de larmes. Au lieu de cela, elle a reniflé un peu, s'est blottie davantage dans ses bras et elle est tombée d'un coup dans le sommeil.

CHAPITRE 3

Les muscles raides et douloureux, Edith s'est réveillée en sursaut en prenant la mesure de son environnement. Elle a passé la nuit dans une grange, sur un lit de paille improvisé.

Avec un inconnu qui n'était pas son mari.

Et elle n'avait absolument aucune idée de l'endroit où elle se trouvait.

Un sourire lui a échappé quand elle a compris ce qui s'était passé. Elle était peut-être au milieu de nulle part, mais au moins elle n'était pas à Lammerton Hall, sur le point d'épouser ce duc débauché.

Pourquoi il avait voulu se marier si près de Noël la contrariait aussi. Cela aurait été tellement plus charmant d'avoir un mariage au printemps. Peut-être alors aurait-elle pu avoir davantage d'amies présentes.

Mais elle s'est arrêtée et a apprécié la saison affreuse. Ses amies n'ont pas fait le voyage vers le nord pour l'événement, donc elle ne s'est pas couverte de honte devant elles. Aucune ne saurait sa disgrâce. Du moins, pas avant quelque temps.

En étirant ses membres pour relancer le sang, un soulagement l'a envahie. Ce n'était pas un rêve, après tout : elle a bel et bien échappé au duc Valtravers.

Une lueur rose pointait à l'horizon. Le ciel au-dessus était gris foncé, promettant encore de la pluie. Il ne pleuvait pas, toutefois, à cet instant, ce qui était une bonne nouvelle. L'air ne piquait pas assez le nez pour annoncer la neige, mais cela pouvait changer au prochain souffle du vent du nord.

Son complice en liberté se tenait dehors. Le soulagement l'a envahie. Robbie était toujours là, tout comme les chevaux. Il les avait déjà sellés, prêts pour la journée.

Edith est allée de l'autre côté de la masure pour se soulager et se préparer à une nouvelle journée à cheval. Quand elle est revenue, elle est arrivée juste à temps pour voir Robbie taper Cinnamon et Magistrate sur la croupe, les envoyant au galop en direction de Lammerton Hall.

La fureur a grondé dans son sang.

— Qu'est-ce que vous faites ? a-t-elle hurlé en se ruant vers lui. — Rattrapez-les ! C'est notre seule façon de filer d'ici !

Il s'est tourné et a secoué la tête.

— Non, mademoiselle, ils vont nous ralentir et nous faire passer pour des voleurs. À partir d'ici, on ira à pied.

— Non ! Le cœur brisé de frustration, elle a regardé les chevaux rapetisser en fuyant au loin, emportant avec eux les espoirs de liberté d'Edith. Comment pourraient-ils être plus rapides à pied qu'à cheval ? — Je ne pourrai jamais marcher jusqu'en Écosse.

Elle a cru qu'il l'avait écoutée, mais, encore une fois, elle s'est trompée. Il croyait savoir mieux qu'elle et, d'une façon ou d'une autre, que marcher serait la meilleure idée ?

— Ne soyez pas si dramatique, mademoiselle, a-t-il dit, ce qui l'a seulement mise en fureur.

Il a levé les paumes dans un geste d'apaisement.

— Il nous suffit de marcher jusqu'à Newcastle. Oh, très bien, vous êtes prête à partir ? Prenez vos affaires et on se met en route.

Il ne disait absolument rien qui tienne debout et n'avait pas répondu à sa question. Edith a frappé du pied. Cela ne faisait pas du tout partie du plan !

Avant qu'elle ne transforme sa colère en mots, il a dit :

— Pas la peine de rester plantés là à béer comme un poisson qu'on vient d'attraper. Valtravers est probablement en train de se rapprocher à l'heure qu'il est.

À l'évocation du nom du duc, elle est revenue d'un coup à la réalité. Rester là à se disputer ne ferait que gaspiller un temps précieux.

D'autant plus qu'il s'éloignait déjà sur la route, s'attendant à ce qu'elle le suive.

Edith a attrapé son sac de tapisserie et a trottiné pour le rattraper. Son souffle venait par à-coups parce qu'elle devait courir. Au bout d'un moment, il était plus facile de porter le sac tout contre elle, comme on tiendrait un enfant, plutôt que de le laisser battre à son côté, où il devenait plus lourd à chaque pas.

— Je ne vois pas pourquoi on n'aurait pas pu monter les chevaux jusqu'à Newcastle d'abord, puis les renvoyer.

Il a secoué la tête, tout en fixant droit devant lui.

— Ils ont plus de chances de rentrer à partir d'ici. Si je les lâche en ville, impossible de savoir qui pourrait s'en emparer. Je n'ai peut-être aucune estime pour Valtravers, mais je sais que les gars du manoir traiteront Cinnamon et Magistrate correctement quand ils rentreront.

Cela n'avait toujours pas beaucoup de sens pour Edith.

— Mais dès qu'ils arriveront, le duc saura qu'il se passe quelque chose. Il doit bien savoir, au minimum, que j'ai disparu.

— Oui, j'en suis sûr. Mais vous irez bien. Magistrate sait tenir sa langue.

Edith a ri malgré elle et elle est entrée dans sa folie passagère.

— Alors que Cinnamon est une telle pipelette ?

— Oui ! a approuvé Robbie. Et j'ai aussi saboté la selle pour donner l'impression que vous êtes partie pour une promenade matinale et que vous avez eu un accident quelque part. Son personnel pensera que vous avez eu un accident et enverra une équipe de recherche le long des sentiers alentour.

Une chaleur a envahi Edith. Malgré son hostilité envers Robbie, elle devait admettre :

— C'est diablement astucieux.

— Ça m'arrive. Il lui a adressé un sourire d'une assurance si charmante que son ventre a fait une cabriole.

L'idée que Lammerton Hall perde du temps à envoyer des équipes dans tous les sens parce qu'ils croiraient qu'elle était blessée — plutôt que de penser qu'elle s'était échappée — lui mettait du ressort dans la démarche. La perspective de s'en sortir d'ici commençait à lui paraître réelle.

Vers midi, ils ont atteint les faubourgs de Newcastle sans incident. Les pieds d'Edith la faisaient souffrir dans ses bottines. Dans l'excitation et les émotions de sa fuite la nuit précédente, elle s'attendait à être courbaturée le lendemain après tant d'agitation.

Mais le fait d'avoir marché presque tout le chemin jusqu'à Newcastle lui envoyait, à chaque pas, des éclairs de douleur dans les jambes. Le talon de sa bottine frottait durement contre sa peau, tandis que les orteils de son autre pied lui semblaient mouillés et chauds. Quelque chose de pointu s'enfonçait dans l'un de ses orteils. Peut-être qu'un petit caillou s'est glissé dans sa bottine ?

Le vent forçait et apportait avec lui un froid venu du nord, sans pour autant amener de pluie supplémentaire.

Robbie gardait une cadence vive, comme s'il avait l'habitude de parcourir de grandes distances sans peine.

— Voilà comme je vois les choses, ma belle, a-t-il annoncé. Il y a trois directions possibles pour vous : la diligence vers le nord, la diligence vers le sud, ou bien le port pour embarquer vers l'est.

Partir vers l'est, vers l'Europe, pouvait être incroyablement aventureux, mais aussi terrifiant. Elle avait un peu d'argent sur elle, mais il devait durer. Et elle ne parlait aucune langue autre que l'anglais.

Au début, prendre un bateau lui semblait une excellente manière de mettre de la distance entre elle et Valtravers. À la lumière crue du jour, elle savait que ce serait d'une folle témérité.

— Prenons la prochaine malle-poste, nord ou sud, ça m'est égal.

Prendre une diligence signifiait aussi ne plus marcher, ce qui lui convenait très bien.

Edith se blâmait de ne pas avoir préparé sa fuite plus soigneusement, avec de meilleures bottines et des bas, peut-être. Mais il n'y a tout simplement pas eu le temps. Leur mariage était prévu pour après-demain. Ses parents comptaient séjourner dans la suite des invités et fêter le dîner de Noël ensemble.

Dès que Maman se rendrait compte de sa fuite, ils prendraient sûrement congé et rentreraient chez eux.

La pensée du festin de Noël a fait gargouiller son ventre.

Par chance, Robbie connaissait un endroit où manger. Une auberge de poste toute proche, animée de va-et-vient. Il l'a laissée dans un coin de la salle commune avec un bol de porridge brûlant, crémeux et roboratif. Un peu de miel aurait été agréable, mais elle supposait qu'il n'était pas habitué aux choses délicates de la vie.

Quel luxe délicieux de s'asseoir et de manger après tant de marche. Elle a laissé quelques cuillerées de porridge dans son bol, se sentant repue. Un instant, elle a songé à soigner ses pieds, mais ôter ses chaussures en société ne se faisait tout simplement pas. À la place, elle savourait le simple fait de pouvoir balancer doucement ses pieds sous sa chaise et les laisser palpiter en silence.

À son retour, il a brandi des papiers, un sourire triomphant aux lèvres.

— J'ai pris des billets pour nous sur la prochaine diligence qui part vers le nord.

— Pour nous ? Elle n'aimait pas du tout ce que cela laissait entendre.

— Vous pensiez que je vous laisserais affronter les rigueurs du voyage toute seule ?

Ce n'était pas ça.

Elle s'était enfuie parce qu'elle devait *à tout prix* échapper au duc. Cela ne voulait pas dire qu'elle avait envie de se retrouver coincée avec un autre homme à la place.

— Vous n'avez pas besoin de venir.

Elle préférerait largement partir seule. Elle s'est levée de sa chaise. Une douleur lui a mordu les orteils et elle a dû respirer vite pour chasser l'élancement. Peut-être valait-il mieux se rasseoir ?

— Si vous restez avec moi, vous ne ferez que vous mettre en danger si Valtravers me trouve, et vous trouve avec moi.

— Si. Il a baissé la voix et a fait signe qu'il voulait s'asseoir à côté d'elle sur le banc un moment. Edith était ravie de se rasseoir. Il a posé un ultimatum.

— Soit je viens avec vous, soit on ne part pas.

Que cherchait-il ?

— Pourquoi avez-vous besoin de venir avec moi ? En fait, pourquoi est-il venu à Newcastle tout court ? Il aurait pu lui indiquer la direction et la laisser. Il aurait pu rentrer à Lammerton Hall et ne pas révéler sa participation à l'escapade. Faire semblant d'être parti la chercher, sans succès.

Oh, bien sûr, le paiement. Ça ne pouvait être que ça.

Elle a fouillé dans son sac de tapisserie à la recherche du compartiment caché. Elle l'a ouvert et elle a sorti une pièce.

— Voilà votre paiement. Votre tâche est accomplie.

— Ce n'est pas terminé. Pas tant que vous n'êtes pas en sécurité. Si Valtravers me trouve ici avec vous, vous ne serez pas en sécurité. Et il m'écorchera vif. Alors, vous voyez, moi aussi j'ai besoin de filer de la ville.

Edith a secoué la tête. Pourquoi venait-il avec elle ? Il ne pouvait pas prendre une diligence dans la direction opposée ?

— Allons, ma poulette, vous pensiez que tout ça ne concer-nait que vous ?

— Écoutez-moi bien, commença-t-elle. — Il ne s'agit que de m…

Ce n'est qu'à cet instant qu'il a vraiment regardé la pièce. Ses yeux se sont arrondis, stupéfaits et ravis.

— Vous vouliez vraiment me donner autant ?

Edith a légèrement froncé les sourcils, sans savoir s'il était sarcastique. Une seule pièce, ce n'était guère « autant ». Peut-être en voulait-il plus.

— C'est une affaire d'honneur pour Valtravers, ma belle, a-t-il repris, son accent se faisant plus épais sous l'effet de l'excitation et de l'inquiétude. Si la rumeur court que sa future s'est éclipsée avant les noces, il ratissera la terre entière jusqu'à vous retrouver et vous ramener à l'autel.

Edith n'avait rien à répondre à cela.

— Ça commence à vous revenir. Bien, a-t-il dit, visiblement satisfait de son silence. Il apprendra bien assez vite que j'étais impliqué, donc je dois me faire oublier, ce qui veut dire m'éloigner de Newcastle autant que possible.

Edith a juré intérieurement.

— Vous ne voulez pas le reste ? a-t-il demandé en désignant ce qu'il restait de son repas.

— Plus maintenant, a-t-elle dit.

— Faut pas gâcher, sinon on manque, a-t-il ajouté en se servant du reste de son petit déjeuner. Dommage qu'il n'y ait pas de miel.

La culotte qu'elle portait sous ses jupes donnait à Edith un peu de rembourrage supplémentaire dans la malle-poste bondée. Ses pieds pulsaient, mais elle ne pouvait pas faire grand-chose ici pour les soulager. Ce que la malle-poste n'offrait pas en confort, elle le rattrapait en vitesse. Ils étaient six tassés à l'intérieur, mais elle, au moins, avait une place près de la fenêtre avec une poignée à laquelle se tenir. Son cœur battait dans sa gorge pendant qu'elle regardait les autres passagers grimper à la hâte. Eux aussi semblaient tous pressés d'arriver quelque part.

Robbie s'est assis entre elle et un autre voyageur, s'équilibrant tant bien que mal. Tout son corps — cuisses, flanc et bras — écrasait le sien, la réchauffant à travers plusieurs couches d'étoffe. Au moins, elle n'aurait pas froid en remontant vers le nord.

Au claquement du fouet, la voiture est partie dans un soubresaut.

C'était un moyen de transport inédit pour Edith, tandis qu'elle absorbait les sons et les odeurs de toutes ces personnes tassées autour d'elle. Le martèlement des sabots emplissait ses oreilles. Il couvrait les conversations feutrées, si bien que les autres à l'intérieur de la malle-poste devaient élever la voix pour s'entendre. Dans l'angle opposé se trouvait une dame âgée qui rotait — puis s'excusait aussitôt — chaque fois que les roues heurtaient une ornière.

C'était très différent du carrosse de son père, conçu pour le confort plutôt que pour la vitesse. Ils ont voyagé depuis la demeure campagnarde du comte, près de Sheffield, à un rythme tranquille, en traversant nombre de bourgs et d'auberges sur la route et en changeant de chevaux quand il le fallait. Ils ont voyagé chaque jour sauf le dimanche, qu'ils ont passé à York à admirer la splendide cathédrale. Elle est restée debout toute la journée — sauf le court moment où elle s'est agenouillée pour prier d'être délivrée de Valtravers — et ses orteils lui faisaient mal, ce qui devait lui donner une idée de l'ampleur de la douleur qu'elle allait ressentir après une marche plus soutenue.

Mais ce mode de voyage était nouveau, intimidant et aussi un peu grisant pour Edith. La vitesse correspondait à son vœu le plus cher : mettre le plus de distance possible entre elle et Lammerton Hall.

Peut-être que Dieu exauçait sa prière ?

Après une demi-heure d'allure soutenue, les cochers se sont arrêtés dans la bourgade suivante. Les hommes juchés sur le toit ont bondi à terre et ont couru derrière l'auberge de poste, tandis que les palefreniers attelaient une nouvelle équipe de chevaux pour l'étape suivante.

Les hommes descendus sont vite revenus près de la malle-poste et se sont réinstallés à leur place.

Avant qu'Edith n'ait le temps de demander à Robbie ce qui se passait, le cocher a claqué son fouet et ils sont repartis.

— Ouais, faut être rapide, a dit Robbie, je te préviendrai à la prochaine ville.

Elle devait descendre et s'étirer, et elle allait le faire au prochain arrêt. Aurait-elle le temps d'enlever le caillou de sa botte ?

La dame qui rotait dans l'angle opposé a décidé d'engager la conversation.

— Vous filez au nord de la frontière, en quête d'une enclume, hein ?

Robbie a regardé Edith, les sourcils levés.

Edith n'avait aucune idée de ce qu'il fallait répondre.

— Eh bien, euh..., a commencé Robbie.

Mauvais début.

La dame s'est tapoté le nez du doigt et a dit :

— Ton secret est en sûreté avec moi, ma fille.

— Ne vous en faites pas pour elle, a dit l'homme assis au milieu de l'autre banquette, le moindre potin lui plaît.

— Chut, George, tu me gâches mon plaisir, a-t-elle dit. Elle est jolie, et c'est peu dire. Je pense qu'elle et son galant, là, filent à l'enclume avant que son père ne la ramène de force.

La chaleur a envahi le visage d'Edith et elle s'est tournée vers la fenêtre. La femme n'était pas loin de la vérité. Que pouvait-elle dire à ces gens pour les faire taire ? Si elle ne disait rien, ils risquaient de croire le pire, mais si elle leur parlait, elle risquait fort de dire une bêtise.

— Ma sœur, elle parle pas, a dit Robbie en haussant la voix.

Qu'est-ce qu'il venait de dire ?

Puis il s'est tapoté la tempe et a ajouté :

— Touchée par les fées, oui, et elle n'a pas dit un mot depuis cinq ans. Complètement muette, c'est bien ça, hein, la petite ?

Edith a cligné lentement des yeux pendant qu'il la regardait fixement. Prisonnière de son attention, elle ne pouvait pas le faire passer pour un menteur et répondre vraiment à sa question.

Mais il a fait pire que de ne pas l'écouter : il lui a rendu la parole impossible.

Les hommes !

Au moment même où elle commençait presque à le trouver sympathique, il l'a mise dans une terrible position.

— Ooooh, la pauv' petite, a dit la dame avec une lenteur appuyée.

— Ouais, on fait c'qu'on peut, a dit Robbie.

— Vous êtes un bon frère, alors, a dit l'autre homme, la plupart des gens les mettraient dans un asile.

Les sourcils d'Edith se sont arqués.

— Je ne voulais pas être grossier, a dit l'homme.

— Elle parle pas, a dit Robbie, mais elle entend très bien.

— Manifestement non, a dit l'homme.

Edith bouillonnait en silence jusqu'à ce qu'ils arrivent à la bourgade suivante. Elle était si absorbée par son tumulte intérieur qu'elle a oublié de descendre et de se dégourdir les jambes.

Les passagers à l'intérieur étaient les mêmes qu'avant.

Elle ne pouvait pas rester de mauvaise humeur jusqu'en Écosse. Le paysage qui défilait était bien trop spectaculaire et intéressant pour ça. Même s'il faisait humide et gris, là-dehors.

Edith s'est dit que le plus sûr était de regarder par les fenêtres le paysage qui passait. Tout près de la route, les choses défilaient dans un flou de gris et de vert. Gris pour les branches nues, et vert pour la mousse détrempée qui poussait sur les côtés des murets de pierre.

Il y avait une sobre majesté dans cette désolation, avec ses ciels lourds et ses champs battus par le vent. De temps à autre, elle apercevait des troupeaux de moutons blottis sous des bosquets d'arbres pour s'abriter.

Depuis que Robbie a sorti son mensonge, ses compagnons de voyage la traitaient comme si elle n'existait pas. Cela signifiait qu'elle n'était tenue ni de raconter son histoire ni d'inventer des mensonges pour masquer la vraie raison de sa présence dans cette malle-poste.

Un homme avec l'accent de Robbie s'est révélé un atout plutôt qu'un fardeau. Ses compagnons, qui parlaient un peu comme lui, supposaient qu'il rentrait chez lui.

Ils se sont arrêtés à une autre auberge de poste pour changer de chevaux. Cette fois, Robbie a montré le petit endroit réservé aux dames. Elle a acquiescé et s'est dépêchée. Des élancements aigus la piquaient aux orteils et la faisaient grimacer. Une fois qu'elle s'est soulagée, elle est revenue vers la malle-poste en titubant. Elle s'est assise au bord d'un abreuvoir et a retiré sa botte. Un soulagement immédiat s'est répandu dans ses orteils. Il n'y avait pas de caillou, mais une tache de sang sombre et séché s'étendait sur son bas. Elle a supposé qu'un ongle avait dû s'enfoncer dans le côté d'un orteil voisin. Elle a tiré sur la maille et a pincé un repli pour amortir la blessure. La botte est rentrée à grand-peine, mais elle y est parvenue.

De retour dans la malle-poste, elle s'est rendu compte que certains des premiers passagers étaient partis et que de nouveaux s'étaient entassés. Ils étaient trois sur la banquette d'en face ; maintenant, ils étaient quatre, dont une fillette sur les genoux de sa mère.

Avec une secousse, ils sont repartis à vive allure. Robbie s'est lancé dans son récit de voyage, en mentionnant la « terrible infirmité » d'Edith.

Ces nouveaux venus parlaient avec un accent encore plus marqué que celui de Robbie, et elle avait du mal à les comprendre. La femme plus âgée de l'autre côté de Robbie, qui était dans la malle-poste depuis Newcastle, sonnait désormais résolument anglaise aux oreilles d'Edith.

Edith, sans aucun doute, sonnerait affreusement anglaise pour les autres voyageurs ici, si elle parlait.

C'est là que l'ingéniosité du mensonge de Robbie lui est devenue évidente. En ne parlant pas, les autres passagers allaient supposer qu'Edith était écossaise, comme Robbie. Si elle parlait, cela levait tout doute. Une fois à destination, ces gens allaient sans doute raconter qu'un frère et une sœur écossais rentraient chez eux — pas un Écossais et une Anglaise.

Même si cela lui écorchait les nerfs que leurs compagnons couvrent Robbie d'éloges pour « s'occuper si bien de sa parente imbécile », une fois le trajet terminé, ils n'allaient probablement mentionner ni l'un ni l'autre à qui que ce soit.

L'homme avait de la repartie, elle devait bien le reconnaître.

Ne pas parler du tout lui donnait une excellente excuse pour continuer à regarder dehors le paysage changeant. Hélas, il était difficile d'ignorer l'inconfort à l'intérieur de la malle-poste, secouée à un train d'enfer. Les collines ondulées au loin se précisaient en pics quand ils ont pris la route du nord. Puis un autre amas de nuages lourds est arrivé et a noyé les sommets, gâchant complètement sa vue.

L'arrêt suivant était une ville nommée Wooler, qui possédait une auberge de poste de belle taille. Des parfums de houblon et de levure de brassage emplissaient l'air. L'estomac d'Edith a grondé.

Plusieurs personnes ont sauté de la malle-poste pour se soulager, faisant trembler la voiture dans leur hâte.

Edith a failli se trahir en ouvrant la bouche pour demander à Robbie s'il y avait à manger. Au dernier moment, elle a mimé le geste de porter une cuillère à sa bouche.

— Tu as mal aux dents, petite ? demanda-t-il.

Elle a pincé les lèvres. — Tu ne perds rien pour attendre, articula-t-elle sans un son.

Un des passagers est descendu pour se dégourdir, puis il a repassé la tête par la porte et a dit : — L'aubergiste arrive avec un plateau de chaussons.

Edith a agrippé la chemise de Robbie et l'a tiré, tout en hochant la tête pour signifier qu'elle aimerait bien manger quelque chose.

— Elle ne dit peut-être rien, a commenté leur compagnon de voyage, mais ses yeux et ses oreilles, eux, vont très bien.

Edith a fouillé dans son sac en tapisserie pour y trouver de l'argent et elle a récupéré quelques pièces. Depuis le dîner de la veille, elle ne mangeait plus rien, et elle ne s'était pas montrée assez prévoyante pour emballer quelque chose depuis la table.

Elle a montré discrètement à Robbie ce qu'elle avait. Il a choisi une pièce pour payer l'aubergiste, et il a bientôt remis à Edith une tourte au porc froide.

L'autre femme de la voiture, l'Anglaise, n'a pas acheté de tourte. Edith a trouvé cela étrange ; elle était montée à bord à Newcastle, elle aussi, et n'avait rien mangé de toute la journée.

D'un coup de coude dans les côtes, Edith a encouragé Robbie à acheter une tourte au porc pour l'autre dame.

— Merci, vraiment, a-t-elle dit, les yeux embués de reconnaissance. — J'ai laissé ma bourse dans la malle, et elle est sur le toit.

Ils n'avaient pas le temps de savourer leur maigre repas, car le palefrenier a vite échangé les chevaux et ils étaient prêts à repartir. Ils allaient devoir manger pendant que la diligence poursuivait sa route.

Plusieurs personnes sont encore montées sur le toit, et le cocher a donné un coup de sifflet. Peut-être avaient-ils changé de cocher et de chevaux, s'est dit Edith.

La diligence a sursauté en avant et elle a mordu dans la tourte. La pâte était beurrée et croustillante, bien salée. Un léger gémissement lui a échappé pendant qu'elle mâchait.

Soudain, tous les regards se sont tournés vers elle et elle a avalé malgré le gros nœud de culpabilité dans sa gorge.

— Je croyais que vous aviez dit qu'elle ne parlait pas ? a lancé le passager, d'un ton accusateur.

Robbie a ri et s'est frappé la cuisse de joie. — Elle ne parle pas, mais elle mange comme un cochon et elle hurle comme une banshee quand ça lui prend !

Sa présence d'esprit avait sauvé leurs réputations, autant que possible. Pourtant, il aurait vraiment dû lui parler d'abord de sa prétendue mutité.

Elle n'a pas eu d'autre choix que de jouer le jeu.

Ce qui signifiait qu'il pouvait continuer à improviser et à se tirer d'affaire pour le gâchis qu'il avait fait, tandis qu'elle était libre de savourer sa nourriture en paix.

Une autre bourgade — elle pensait qu'elle s'appelait peut-être Midfield — et un autre changement de chevaux. À cette époque de l'année, le soleil était déjà bas et à peine visible à travers les nuages sombres. Il allait se coucher pour de bon dans une heure environ, deux au plus.

La tourte au porc était absolument délicieuse, mais elle n'a plus laissé échapper le moindre bruit, d'appréciation ou autre, pour le reste de son repas.

Heureusement, les petits gémissements de satisfaction n'avaient pas d'accent ; sinon, elle se serait vraiment trahie.

Les chevaux frais ont tiré la diligence sur une longue côte. D'un coup, la voiture a brusquement basculé en avant et a entamé la descente. Le changement soudain a projeté Edith vers l'avant sur son siège. La présence d'esprit de Robbie l'a fait tendre le bras sur le côté pour la maintenir, la repoussant contre le dossier.

Elle lui a lancé un regard de gratitude, mais elle n'a rien pu dire.

— Oui, c'est une étourdie, a-t-il dit aux voyageurs surpris. — Elle oublie toujours la descente vers Coldstream.

— Oui, a approuvé l'un de leurs compagnons en s'agrippant à la poignée pendue au plafond. — C'est pour ça que j'ai pris la place face à l'arrière de ce côté pour cette étape du voyage.

— Vous voyagez loin ? demanda Robbie d'un ton avenant.

Tout ce temps, son bras restait en travers du torse d'Edith, et sa peau la brûlait à travers les épaisseurs de sa veste et de sa robe.

Avide de se redresser, elle a saisi la poignée et s'est réinstallée correctement sur le siège.

Robbie continuait de parler de tout et de rien. D'abord, Edith a craint qu'il ne s'arrête jamais de jacasser. Bientôt, elle a compris qu'il faisait cela pour détourner l'attention de son inexpérience sur ces routes. Ignorer la descente vers Coldstream la faisait passer pour une étrangère, alors qu'aux yeux de tous, elle était censée être des siens. Cela faisait des années qu'elle n'y était pas venue ; cette descente-là ne s'oubliait pas de sitôt.

En quelques minutes, ils sont entrés dans une autre ville.

— De retour à la maison, petite, a annoncé Robbie en montrant un panneau derrière la vitre.

Il a filé trop vite pour qu'Edith le voie, mais elle a hoché la tête quand même.

L'un de leurs compagnons de voyage a dégagé le loquet de la fenêtre et a aspiré une grande bouffée d'air. — La douce odeur de ce bel air d'Écosse ! a-t-il dit lorsque la diligence s'est arrêtée devant une auberge de relais.

Le vent a plaqué des mèches folles sur le visage d'Edith et, quand elle s'est tournée pour dégager sa vue, elle a vu leur compagne anglaise s'éponger le visage.

Incapable de parler, Edith a donné un coup de coude à Robbie pour attirer son attention.

Il a compris aussitôt, au grand soulagement d'Edith, et il s'est tourné vers la dame pour demander : — Il fait trop froid pour vous, madame ?

L'Anglaise a reniflé et a laissé échapper un petit rire à ses propres dépens. — Juste du soulagement. Très heureuse d'être enfin en terre étrangère.

Si Edith n'en savait pas davantage, elle penserait que la femme fuyait, elle aussi, un mariage. Peut-être pire que le sien.

Comme c'était leur destination, Edith et Robbie sont descendus de la diligence. Trois autres personnes sont descendues du toit. L'autre Anglaise est elle aussi descendue de la voiture.

Robbie et Edith n'avaient pas besoin d'attendre leurs effets, car ils en avaient si peu. Edith gardait son sac en tapisserie sur ses genoux pendant le trajet.

Le vent froid lui a mordillé les oreilles et elle a frissonné. La diligence était exiguë, mais elle était aussi chaude avec tant de monde tassé dedans.

Les autres passagers ont rassemblé leurs malles. Plusieurs hommes robustes ont ensuite emporté ces malles et ces valises à l'intérieur de l'auberge de relais, où ils allaient prendre logis.

Devaient-ils en faire autant ? Il n'y avait peut-être pas beaucoup de chambres ici. La ville n'était pas bien grande. Sans surprise, Edith n'avait guère réfléchi à l'endroit où elle pourrait vivre une fois la fuite terminée — s'enfuir lui avait pris toute son énergie et toute son attention.

D'un rapide coup d'œil autour d'elle, elle s'est assurée que les autres passagers n'étaient pas à portée d'oreille. Puis elle s'est tournée vers Robbie et a demandé : — Tu as des gens chez qui tu peux loger en ville ?

— Oui, suis-moi.

— Attendez !

Ils se sont tous les deux retournés et ils ont vu la passagère anglaise lever le bras pour leur faire signe. — Je dois vous rembourser le déjeuner.

— Merci, a dit Edith machinalement.

La femme a froncé les sourcils.

L'estomac d'Edith s'est noué.

Robbie a fait claquer sa langue.

Elle venait de tout gâcher.

La femme s'est rapprochée et a tendu la pièce à Robbie, mais elle n'a pas quitté Edith des yeux. — Il a dit que vous ne pouviez pas parler, mais c'était un mensonge.

Edith a levé les paumes, comme en signe de reddition. — Je suis désolée pour ça. Je ne savais pas qu'il allait dire ça sur le moment et... c'était plus simple de faire semblant.

— Et vous êtes anglaise, a dit la femme. — Comme moi.

Au moins, il n'y avait pas d'autres passagers à proximité pour assister à cette déconfiture.

— On dirait bien, a marmonné Edith, puis elle a demandé : — Quelqu'un vient-il vous retrouver ici ?

— Ne changez pas de sujet, a-t-elle dit, avec un ton qui ressemblait fort à celui de la mère d'Edith.

— Le gîte ? a interjeté Robbie. — Avez-vous une chambre pour la nuit ?

La femme a fait encore deux pas pour pouvoir chuchoter tout en se faire entendre. — Est-ce que vous fuyez ? a-t-elle demandé à Edith, si directement que leurs regards se sont accrochés.

— Et vous ? a demandé Edith en retour.

— C'est moi qui ai demandé d'abord, a répliqué la femme.

Au pied du mur, Edith a admis : — Oui. J'espère, par pitié, que vous n'essayez pas de me ramener, parce que nous sommes au-delà de la frontière maintenant, et, de ce côté-ci, vous ne pouvez pas me forcer à faire quoi que ce soit contre ma volonté.

Que ce soit juridiquement vrai ou seulement un vœu pieux, Edith n'en savait rien. Mais elle savait qu'en Écosse, au moins, ses parents avaient beaucoup moins leur mot à dire sur la personne qu'elle pouvait épouser. Cela devait bien compter, tout de même.

La femme a souri largement. — Je suis Margaret Ty — euh — Thomas, a-t-elle dit.

Edith a souri. — Margaret, je crois que nous avons quelques points communs, a dit Edith. Je suis anglaise, comme vous l'avez deviné, et moi aussi j'échappe à un arrangement inapproprié. Maintenant, voyons pour obtenir une chambre pour la nuit afin que nous puissions nous reposer. Demain, nous ferons de nouveaux plans.

Elle a poussé un énorme soupir de soulagement. — Je me sentais horriblement seule, alors je vous remercie. C'est dommage qu'il... Elle a montré Robbie du doigt. ... ne vous ait pas laissé parler dans la diligence. Nous aurions pu mettre nos têtes ensemble et prévoir quelque chose.

Edith a hoché la tête et a fait une grimace. — Eh bien, nous y sommes à présent et nous pouvons commencer nos nouvelles vies. Allons prendre une chambre, d'accord ?

Margaret s'est mordillé l'intérieur de la lèvre un instant. —

Je vais avoir besoin de davantage qu'une simple chambre pour la nuit, a-t-elle dit.

— Oh ?

— Oui. J'ai bien peur d'avoir aussi besoin d'un mari, et sans délai.

CHAPITRE 4

Les mots de Margaret ne voulaient pas s'imprimer correctement dans l'esprit d'Edith. Elle les avait entendus distinctement, mais ils refusaient d'avoir du sens. — Vous... avez *besoin* d'un mari ?

Cela n'avait aucun sens parce que cette femme venait tout juste de fuir l'un d'eux, dans la même diligence qu'elles avaient partagée. Si elle venait de s'échapper d'un mariage, pourquoi voulait-elle en contracter un autre ?

Margaret a poursuivi : — Et rapidement. Parce que j'ai fui mon promis à l'autel et que je n'ai nullement l'intention de retourner vers lui. Mais je crains qu'il n'ait envoyé quelqu'un à mes trousses. Si, lorsque son homme de main me trouvera, je suis déjà mariée à quelqu'un d'autre, cela contrariera très certainement ses plans.

Robbie a commencé à se gratter le menton en réfléchissant. — Vous n'êtes pas difficile ?

Margaret s'est redressée et l'a détaillé de haut en bas, comme s'il se proposait lui-même. — Dans la mesure du raisonnable, évidemment, a-t-elle répliqué d'un ton hautain.

Quelque chose a fait un petit bond dans le ventre d'Edith à l'idée que Robbie se jette sur Margaret si vite après l'avoir rencontrée.

Elle a décidé de ne pas nommer ce sentiment, parce que ce serait ridicule de l'éprouver.

— Fort bien, a accepté Robbie, comme si elle avait demandé quelque chose d'aussi ordinaire que du lapin pour le dîner. Il a affiché un sourire satisfait. — Et si on vous installait toutes les deux au relais de poste, et qu'on réglait le reste plus tard ?

Un peu plus tard — et de façon assez déroutante —, Edith et Margaret se sont vu attribuer une chambre avec un petit lit qu'elles pouvaient partager pour la nuit.

Un profond soupir a échappé à Margaret lorsqu'elle s'est affaissée au bout du lit.

La journée avait été longue. Edith a cherché des yeux de quoi s'asseoir, elle aussi. Elle a poussé un gros soupir et s'est installée sur l'unique chaise de la chambre.

— Je sais que nous ne nous connaissons pas très bien, a dit Margaret, mais je suis tout de même contente de ne pas être la seule femme à fuir un mauvais mariage. Je me sentais plutôt comme une ratée, à croire que j'étais la seule à ne pas y arriver.

C'est là que la vérité a frappé Edith. — Moi aussi, je me sentais comme si j'étais la seule.

Elles ont échangé un sourire d'assentiment.

— Mais maintenant je sais que ce n'est pas le cas, a dit Edith, l'esprit en ébullition. Mieux encore, je parie que nous ne sommes pas les deux seules. Je gage qu'il y a des dizaines de femmes à travers l'Angleterre qui redoutent le mariage qui les attend.

— Je le crois volontiers, a dit Margaret. Nous avons si peu d'options. Ma seule option a été d'attendre que la cérémonie commence, car je savais alors qu'il y aurait une voiture attelée qui m'attendrait devant et que je pourrais m'échapper. Celle qui était censée nous ramener ensemble chez nous, mon mari et moi.

— Très malin, d'assurer votre transport. Vous aviez un cocher prêt à vous écouter, c'est stupéfiant. Combien avez-vous dû le payer ?

— C'est moi qui ai mené la voiture, a dit Margaret, rayonnante de satisfaction. J'ai conduit jusqu'aux abords de Newcastle, puis j'ai fait faire demi-tour aux chevaux et je les ai renvoyés sur la route, sans cocher.

Les sourcils haut levés, Edith a été impressionnée. — Vous avez conduit la voiture vous-même ?

— Oh oui ! a-t-elle dit.

L'admiration a saisi Edith. — Quelle habileté remarquable !

Elles ont bavardé, ont comparé leurs circonstances et ont découvert encore d'autres similitudes dans leurs parcours. Edith ne savait pas conduire une voiture attelée, car elle n'avait jamais eu l'occasion d'apprendre. Ce n'était tout simplement pas quelque chose qu'une dame devait savoir.

Elle a réfléchi à cela. Puis elle a défait les lacets de sa botte et a libéré son pied. Des taches sombres de sang séché étaient visibles sur le bas. Ici, au moins, elle avait du temps et un peu plus d'intimité pour s'examiner convenablement.

— Quand avez-vous eu l'occasion d'apprendre à mener une voiture ? a-t-elle demandé à sa compagne.

— Je me suis soudain découverte le mal de voiture il y a deux ans, a rayonné Margaret. Impossible de rester dedans, tout ce ballottement me rendait bilieuse. Mon père m'a permis de m'asseoir à côté du cocher à condition que je retourne à l'intérieur dès que nous atteignions une ville ou l'allée d'un domaine, ce genre de choses. Personne ne me verrait, alors mes parents ont toléré cette entorse.

— Le mal de voiture est affreux, a approuvé Edith.

Comme c'est astucieux d'avoir transformé cet inconvénient en nouvelle compétence.

— C'était du théâtre, a éclaté de rire Margaret, pour m'asseoir à côté du cocher et apprendre. Je me porte très bien en voiture !

— Oh ! a dit Edith, réalisant soudain. Parce que vous n'étiez pas souffrante dans la diligence en venant ici ! Quelle habile tromperie !

— Presque aussi bonne que votre ruse de ne pas parler, a répliqué Margaret.

Elles ont ri. — Ce n'était pas ma ruse, c'était Robert, qui veillait à ce que les gens n'entendent pas mon accent.

Margaret a hoché la tête et a ajouté : — Je me doutais que vous étiez une fugitive. Parce que vous ne disiez rien — ce qui m'empêchait de savoir d'où vous veniez. J'imagine que deux dames à l'accent anglais dans la même diligence, cela aurait fait jaser. Robbie a bien fait de mettre ce plan en place. Il veillait sur vous.

Oui, n'est-ce pas ? a songé Edith.

— Mais aussi, a dit Margaret avec un éclat dans le regard, quand vous avez pressé votre homme de me trouver à manger, j'ai su que vous étiez quelqu'un de bien.

— Je suis contente que nous nous soyons arrêtées pour manger. Ces tourtes au porc étaient vraiment bonnes, a dit Edith en souriant.

— Délicieuses ! a approuvé Margaret en riant. Je me demande quelles victuailles ils ont de ce côté du fleuve ?

Des effluves de cuisine montaient de la salle en dessous. Le ventre d'Edith a gargouillé. Le dîner n'aurait lieu que dans quelques heures. Il faisait de plus en plus sombre dehors, mais pas parce qu'il était tard. À cette époque de l'année, le jour ne durait tout simplement pas très longtemps.

Il y avait dans la chambre une cruche d'eau et un bassin. Edith a versé un peu d'eau dans le bassin et y a trempé son mouchoir pour se laver le visage et les mains, puis emmailloter ses orteils avec précaution. Elle a incliné la tête vers Margaret pour l'inviter à prendre son tour avec l'eau fraîche. Ensuite, elle a remis son bas et sa botte.

Dès que Margaret a fini, elle a lissé ses jupes et a annoncé :
— Et si nous rejoignions votre homme pour voir s'il m'a trouvé quelqu'un à épouser ? Je préférerais que ce soit fait au plus tôt, vu qu'un homme de main envoyé par mon fiancé anglais pourrait être dans la prochaine malle-poste.

— Nous devrions sans doute, a dit Edith, sans encore savoir comment aborder le fait que Margaret appelait Robbie son homme.

— Vous ne m'avez pas dit qui vous fuyiez, a demandé Margaret. Il était si mauvais que cela, votre futur mari ?

— L'ordinaire : un affreux libertin. Et le vôtre ?

— Hideux. Les femmes de chambre disaient de ne jamais boire à l'eau du puits : c'était là qu'il jetait les corps.

Edith a poussé un cri d'horreur. — Je n'arrive pas à y croire !

Margaret a hoché la tête et a tiré la dentelle de son cou pour révéler de sombres ecchymoses.

— Mon Dieu ! a lâché Edith, les paumes pressées contre son sternum sous le choc. Vos parents étaient-ils au courant ?

— Il a fait cela devant eux, comme un avertissement pour qu'ils se dépêchent d'apporter ma dot.

La respiration d'Edith s'est heurtée à une telle cruauté, à la fois désinvolte et publique. Son pouls a battu à ses tempes, entre confusion et colère. — Pourquoi n'ont-ils pas intervenu ou... ne vous ont-ils pas ramenée chez vous ?

Margaret a regardé Edith comme si elle était simple. — Parce qu'ils ont décidé que j'avais dû faire quelque chose qui l'avait contrarié.

En reprenant sa respiration après le choc, Edith a dit : — Tes parents non plus ne t'écoutent pas ?

La femme a secoué tristement la tête et a dit : — Si je leur reparle un jour, ce sera trop tôt. Bref, assez parlé de mon passé, j'ai hâte de penser à mon avenir. Allons rencontrer mon nouveau mari.

Elles sont descendues et sont sorties dans la rue principale. Un rapide coup d'œil de part et d'autre a montré qu'aucune autre voiture n'arrivait pour l'instant. La prochaine diligence pouvait passer d'ici une heure, toutefois, alors elles devaient avancer.

Edith a eu une affreuse pensée : le poursuivant de Margaret n'était peut-être même pas dans une malle-poste ; il pouvait voyager seul et changer de monture en route.

Dans ce cas, il arriverait sans prévenir.

Robbie est apparu au coin de la rue en faisant un signe de la main. Dans son sillage marchait un homme en sueur qui portait un tablier de forgeron.

Il avait l'air plus jeune que Robbie, mais c'était difficile à dire sous la crasse et avec l'obscurité de l'heure. Lorsqu'il a souri, des sillons nets se sont dessinés dans la graisse, des coins des yeux jusqu'aux tempes.

— Ah, vous voilà, mesdames. J'espère que l'auberge de poste est à votre convenance ?, a dit Robbie en s'approchant. J'ai trouvé un volontaire pour votre requête, Mlle Margaret, mais avec quelques conditions.

La femme a posé les mains sur les hanches et a dit : — Dites toujours.

Le forgeron, nerveux, s'est essuyé le visage, traçant presque une ligne propre sur son front. — Eh bien, je voulais vous rencontrer d'abord.

Il avait peut-être rougi ; impossible à dire sous la couche de graisse et dans la mauvaise lumière.

— Vous vous lavez ? a ordonné Margaret.

— Oui, mais je voulais voir si ça en valait la peine avant.

— Je pourrais dire la même chose, a répliqué Margaret. Vous faites de la boxe ?

Le forgeron est resté bouche bée et a plissé le front, creusant de nouvelles marques sombres dans sa peau. — Je fais… quoi ?

On aurait presque dit qu'il avait prononcé « foua », et Edith s'est souvenue de sa méprise à propos de « fourrure aux bottes ».

Margaret a levé les poings et a mimé le geste. — La boxe. Vous en faites ?

Il a secoué la tête, perdu. — Je connais les bases, mais je n'aime pas ça.

Edith a reconnu la satisfaction et le soulagement sur le visage de Margaret. La jeune femme n'avait que quelques minutes pour jauger l'homme et devait décider si elle serait plus en sécurité avec lui s'ils se mariaient.

Margaret a hoché la tête. — Vous jouez ?

Il a haussé les épaules. — Un peu. Les maréchaux-ferrants me donnent parfois un tuyau sur une course à venir, mais ça s'arrête là. Il s'est gratté la joue, ses ongles traçant des sillons propres dans sa peau. — Je vais être honnête avec vous :

accepter de vous épouser presque sans vous voir, c'est le pari le plus fou que j'aie jamais fait.

Margaret a souri à cela. — J'apprécie votre galanterie. Allons vous décrasser et on filera à l'enclume.

Edith est restée là, stupéfaite par la rapidité avec laquelle Margaret et cet homme semblaient avoir réglé la question. Elle ne les avait même pas entendus échanger leurs prénoms — ah, ils étaient en train de le faire à présent, tandis qu'ils s'éloignaient vers les écuries attenantes à l'auberge de poste.

— Comment l'avez-vous trouvé si vite ? a demandé Edith à Robbie.

— C'est mon cousin, et on a de la chance qu'il ne soit pas déjà pris.

Vraiment ? s'est demandé Edith. Ses longs cheveux paraissaient gras et mal peignés, et son visage n'aurait pas pu être plus sale même s'il l'avait trempé dans la boue.

Compte tenu de ce que Margaret avait montré à Edith plus tôt, son empressement pour un mariage hâtif afin de la protéger de son sort précédent était compréhensible.

— Alors, est-ce que je vous trouve quelqu'un pour vous aussi ? a demandé Robbie, tandis que la dernière lumière du jour disparaissait vers l'ouest.

L'inquiétude et la nausée tournaient dans son ventre, à mesure que la réalité de sa situation devenait claire.

Elle avait fugué. Elle avait couvert sa famille de honte. Elle avait détruit sa propre réputation.

Une femme seule, sans chaperon, dans un pays qu'elle ne connaissait pas, risquait de se mettre dans de beaux draps.

Il était logique qu'elle aussi se marie, et le plus vite possible.

Mais en avait-elle envie ? Et même si c'était le cas, comment saurait-elle si son nouveau mari valait mieux que celui qu'on lui destinait auparavant ? Il ne l'écouterait probablement pas non plus.

Et autre chose.

Quelqu'un, de ce côté-ci de la frontière, aurait-il la moindre envie d'épouser une Anglaise — et une étrangère, par-dessus le marché ?

Des vents glacés descendaient du nord gelé, donnant à son nez cette sensation « je vais éternuer d'une seconde à l'autre ».

Robbie l'a regardée avec inquiétude. — Vous avez l'air à moitié gelée. Pas habituée aux conditions d'ici, ma chère ?

La mâchoire d'Edith la lançait. Ses dents allaient se remettre à claquer bientôt. — Il faisait bon dans la diligence, et notre chambre à l'auberge est à l'abri des courants d'air.

— Oui, a-t-il acquiescé. Puis il n'a rien ajouté. Il a simplement continué à regarder Edith comme s'il avait quelque chose à dire sans savoir comment s'y prendre.

Des sensations étranges se sont répandues en elle à mesure qu'il soutenait son regard et étirait le silence tendu.

Edith a cillé la première. — Il y a un problème ?

Il a donné un petit coup du bout de sa botte dans le sol, indécis. — Votre amie avait l'air plutôt contente du mari que je lui ai déniché et… eh bien…

— Je… Le trou noir, Edith a avalé sa salive et a essayé encore. — Je… Elle a échoué. — Je suppose que je n'avais pas pensé arriver jusque-là. Peut-être que je croyais que Valtravers m'arrêterait à un moment donné ?

Robert a dit : — Vous avez l'air à plat.

Comment était-il si perspicace ?

— Vous vouliez qu'il vous retrouve et vous ramène ?

— Absolument pas ! a dit Edith, puis elle a réalisé que c'était la vérité.

Il a levé les paumes. — D'accord, je vous crois. Un sourire espiègle a accompagné ces mots.

Edith a soufflé. Cet homme était plutôt agréable à regarder, mais cela ne voulait pas dire grand-chose. Valtravers lui-même était un Adonis.

Et d'une infidélité chronique.

Sa fuite vers la liberté n'était pas une mise en scène pour éprouver le courage de son prétendant, ni rien de ce genre. — Je n'aurais pas pu l'épouser, et mes parents ne voulaient rien entendre, alors je n'avais qu'une option : fuir.

Le front profondément plissé d'inquiétude, Robbie a dit : — Vous auriez pu dire « non » à l'église.

Margaret avait fait cela et s'en était à peine tirée. Edith a secoué la tête. — À ce stade, ça aurait été trop tard. Dire non à l'autel n'était tout simplement pas une option pour moi.

Si elle avait su mener une voiture toute seule, ça aurait pu l'être.

Un franc rire lui a échappé. — Vous, les Anglais, vous êtes une sacrée bande. Ici, les mariées ont tous les pouvoirs. Le marié est sur une cheville chancelante jusqu'à ce qu'elle dise « oui » et qu'ils signent le registre.

Sa tournure l'a déconcertée. Edith n'a pu que secouer la tête. Elle ne comprenait pas tout ce qu'il disait, mais la plupart du temps elle saisissait l'idée générale. — Vous avez vraiment vu une mariée dire « non » pendant la cérémonie ?

— Oui, quatre fois jusqu'ici, et à chaque fois c'était parfaitement justifié.

Quelle révélation ! Ici, un mariage ne pouvait pas être conclu si la mariée n'en voulait pas. Jusqu'à présent, tout ce qu'Edith savait des mariages écossais, c'était que l'approbation des parents ne comptait pas.

Cela changeait un peu la donne. Une nouvelle bourrasque glacée a fait frissonner Edith. La ville s'appelait Coldstream, et elle portait bien son nom.

— Vous avez l'air gelée, ma fille. Allons nous mettre au chaud en attendant que William et… votre nouvelle amie… ?

— — Margaret —

— — Margaret soient prêts.

Il faisait maintenant vraiment nuit. La lueur des lampes de l'auberge de poste les a guidés. Dans la salle publique, ils ont trouvé une table le long d'un mur. La grande horloge indiquait qu'il n'était pas encore quatre heures.

— Pourrions-nous parler de quelque chose auquel je réfléchis ? a risqué Edith.

— Bien sûr, ma chère.

Autant y aller franchement. — Évidemment, beaucoup de jeunes couples viennent ici d'Angleterre pour un mariage à l'enclume parce que c'est leur seule façon de s'unir si leurs familles n'approuvent pas. Mais là, c'est la famille qui ne veut pas de l'alliance, pas le couple. Or les mariées, comme Margaret et moi, nous n'avons pas vraiment notre mot à dire, puisque ce sont nos parents qui ont arrangé le mariage au départ.

Robbie a hoché la tête, et Edith s'est sentie encouragée à continuer.

— Eh bien, je pensais à votre « cheville sucrée ». Ce devrait être le marié qui a le trac pour la cérémonie, pas la mariée. Le marié devrait être celui qui est terrorisé.

Robert a souri, puis a secoué la tête. — *Chancelante.* Ça veut dire instable. Prête à se desceller.

— Shoog-a-lee, a-t-elle dit en articulant. — Eh bien, je veux renverser la situation et offrir aux jeunes mariées anglaises un meilleur choix. Je n'ai aucune idée précise de la manière pour l'instant et… eh bien, cela dépend plutôt du fait que je sois au moins mariée, afin que je puisse à nouveau fréquenter les bons cercles et découvrir quelles jeunes femmes sont poussées à l'autel.

— En Angleterre, vous voulez dire ?

— Oui, a dit Edith en opinant vivement. Vous n'imaginez pas à quel point certains de ces nobles sont épouvantables.

— Continuez, je vous écoute, a-t-il dit.

Ses mots étaient un baume pour son âme. Avait-il seulement conscience de leur pouvoir ? Un élan de chaleur l'a envahie, alors qu'elle se découvrait comme sous une sorte d'envoûtement.

L'envoûtement de quelqu'un qui voulait entendre ce qu'elle avait à dire.

La nouveauté de cela était trop belle pour être vraie. Il lui faudrait faire attention, ou elle pourrait facilement tomber amoureuse de cet homme.

Robbie a retenu son souffle, en espérant que son visage ne trahirait pas son enthousiasme pour les projets d'Edith. L'entendait-il bien ? Qu'elle ne se contentait pas de ruiner la réputation de son fiancé éconduit, mais celle de bien d'autres à l'avenir ?

Edith Bromley était trop belle pour être vraie !

Et au départ, il n'a pas voulu l'aider à s'enfuir, la balayant comme une autre petite rose anglaise capricieuse et choyée qui traitait les siens comme des moins que rien.

Il n'a jamais été aussi heureux d'avoir eu tort de sa vie !

Robbie savait exactement à quel point certains nobles anglais pouvaient être odieux. Ses parents aussi, et ses grands-parents avant eux. L'Écosse était pleine d'histoires où des gens du bourg se faisaient terroriser par quelque aristocrate venu du sud de la frontière. Le nom de Valtravers lui-même était honni par ici, parce que les ancêtres du duc actuel ont mis des communautés en pièces pour le profit.

Il a souri et hoché la tête, encourageant Edith à continuer. Il adorait la direction que cela prenait.

— Donc, vous voyez, ce serait commode si je pouvais épouser quelqu'un de sûr et de convenable, peut-être pas aussi vite que Margaret, mais bientôt. Ou du moins dans un avenir très proche.

Il a dû lui demander de répéter, parce qu'il pouvait à peine en croire ses oreilles.

—Je suis dans une situation semblable à celle de Margaret. Ma vie ne sera pas autant en péril, mais elle sera misérable si Valtravers me retrouve et que je ne suis pas mariée à un autre.

— Ça a l'air dangereux, a dit Robbie, tout en se disant que quiconque épouserait Lady Edith ne manquerait pas d'aventures. Un peu comme l'aventure qu'il recherchait quand il a quitté Coldstream et qu'il est parti vers le sud pour la première fois.

— Si je suis déjà mariée quand Valtravers me retrouve, il ne pourra rien faire, et je serai libre de lancer une entreprise grâce à laquelle je pourrai libérer d'autres femmes du Nœud du pasteur.

Il s'est frotté le menton, pensif. — J'en déduis que vous avez de l'argent pour voyager ?

Edith a hoché la tête et s'est penchée vers lui par-dessus la table, la voix basse. — Ma dot sera remise à mon mari six mois

après la date du mariage, ou à mon vingt-cinquième anniversaire, selon ce qui viendra en premier.

Intéressant comme arrangement. — Et quel âge avez-vous
à présent ?

— J'ai eu récemment trois et vingt ans. Si je me marie — et
je ne connais personne d'autre, alors autant commencer par
vous — si nous nous marions, je peux plus que vous dédom-
mager de vos peines.

Cela l'a presque décidé à accepter. — En parlant hypothé-
tiquement, a-t-il proposé, en s'efforçant de ne pas paraître trop
empressé. Il devait bien y avoir un piège. — De combien parle-
t-on ?

Elle a baissé la voix davantage. — Vingt-cinq mille livres.

La stupeur a glacé le sang de Robbie. — Grand Dieu, non
!

— Quoi ? Elle a eu l'air offensée.

Il a écarté les mains. — C'est une rançon de roi. On tuera
pour ça.

— Chut ! a-t-elle ordonné, en gardant sa propre voix basse.
— Vous voulez que toute l'auberge le sache ?

Robbie a secoué la tête. — Non, je ne veux pas, mais
Valtravers sera furieux comme un sac de chats d'avoir manqué
l'argent.

Edith a haussé les épaules. — Eh bien, oui, je suppose
que oui.

Ils sont restés assis dans un silence complice pendant un
moment, tandis que Robbie essayait de trouver un moyen de
contourner cette énigme particulière. Il serait heureux de se
proposer, mais… il ne tenait pas vraiment à ce que l'ire de
Valtravers se concentre sur lui.

— Mes parents voulaient ce mariage, a-t-elle dit à voix

basse. — Cela signifiait que leur fille serait duchesse, et qu'un jour leur petit-enfant serait duc.

Robbie n'arrêtait pas de secouer la tête. — Mais maintenant, quiconque vous épousera juste pour vous soustraire à la convoitise aura une énorme cible dans le dos !

Elle a pâli. — Je n'ai pas réfléchi aussi loin.

— Les jours de votre mari seraient comptés. Une fois veuve, vous redeviendriez disponible pour le duc !

Un nouveau silence est tombé et elle a pincé les lèvres, songeuse. — Eh bien, dans ce cas, nous ne disons pas le montant à mon futur époux. Mais aussi, en tant que veuve, j'ai plus de droits qu'une femme non mariée. Et personne ne peut m'obliger à quoi que ce soit de ce côté-ci de la rivière.

Robbie a secoué la tête et a marmonné. — Mais moi, je sais déjà.

— Vous vous proposez ? a demandé Edith.

Mon Dieu, il s'est un peu trop emballé. — Eh bien, je veux dire, si personne d'autre ne…

— Vous êtes trop aimable, et je devrai peut-être accepter si je ne trouve pas de candidat convenable.

Ils se sont remis à réfléchir en silence au problème, jusqu'à ce qu'Edith finisse par reprendre la parole. — Et si nous étions francs, et que je l'achète ? Il peut rester ici s'il veut. En fait, une fois la dot versée, je peux lui donner sa part et j'aurai des fonds pour voyager ; je m'en tirerais sans doute mieux en voyageant seule.

— Oui, mais cela ne résout pas les problèmes. Vous n'avez pas pensé la chose jusqu'au bout, a dit Robbie pour la mettre en garde.

— Bien sûr que non, dit Edith en s'étranglant. — J'ai eu l'idée il y a environ deux heures seulement !

CHAPITRE 5

Cela amusait prodigieusement Robbie de se retrouver là, dans l'auberge-relais de Coldstream, assis à la même table qu'une femme qui avait plus d'argent que toute sa famille élargie réunie dans cette vie et la suivante.

Elle ne paraissait pas non plus regardante quant à la personne avec qui elle partagerait cette manne — et il lui a proposé, gauchement, d'être celui qui la partagerait avec elle… et elle n'a pas été absolument dégoûtée par l'idée.

Il a connu des débuts de relation pires.

Alors, il y a réfléchi encore. Une cérémonie expédiée au-dessus de l'enclume et il toucherait quelques milliers de livres dans six mois. Tout ce qu'il aurait à faire serait de se faire discret pendant ce temps pour que personne ne vienne le chercher.

Il a dû retenir un éclat de rire devant la simplicité de son plan immédiat et les ravages qu'il infligerait à Valtravers. La dame avait-elle seulement idée du chaos qu'elle s'apprêtait à semer chez Valtravers ? Dans cette partie de l'Écosse, prononcer le nom de Valtravers revenait à convoquer le diable en personne.

S'il pouvait détruire une alliance ardemment désirée entre deux puissantes maisons anglaises, et au passage satisfaire une rancune familiale, il serait fou de laisser passer une telle occasion.

Oui, cela voudrait dire que si l'on apprenait qui était le mari d'Edith, Valtravers viendrait le chercher, sans l'ombre d'un doute. Il devrait se faire discret. Très discret.

— Je suis prêt à le faire, pour vous, et mon nom est assez courant pour qu'il faille un bon moment à Valtravers avant de me retrouver vraiment.

— Oh ? dit-elle simplement.

— Mais pour vos autres projets…

Ils n'ont pas eu le temps d'en discuter davantage, parce que William et Margaret sont entrés dans la salle commune.

William rayonnait.

— Tu as fière allure, a dit Robbie en se levant pour lui donner une accolade. — La vie de mari te va bien.

Edith a poussé un petit cri. — Vous vous êtes déjà mariés ? J'espérais pouvoir y être.

Margaret a rosit. — Nous allons justement à l'enclume. Je suis entrée pour voir si vous vouliez venir.

Edith s'est levée et a répondu par un large sourire.

Un instant plus tard, William les a conduits à la forge, où un autre forgeron les attendait.

Lui aussi, comme William plus tôt, était couvert de crasse et de suie.

William s'est penché vers Robbie. — Tu peux me rendre un service ?

— Oui.

— Tu peux trouver un autre logement pour Lady Edith, vu que Margaret et moi aimerions utiliser sa chambre d'aubergiste ce soir.

Robbie a avalé sa salive.

Pendant que Margaret et William parlaient avec le forgeron, il a rapidement emmené Edith à l'écart et lui a exposé la situation délicate.

Edith est devenue de plus en plus rouge. — Mince, je n'y avais pas pensé.

— Écoute, j'sais pas si ça veut dire ce que je crois, mais d'un autre côté, si les gens les voient entrer dans cette chambre ensemble, ben, ils supposeront que la chose sera faite. Les gens de Coldstream ont l'habitude des mariages dans toutes sortes de conditions, mais la plupart du temps c'est seulement deux à la fois. Trois personnes dans le lit nuptial, ça ferait peut-être un peu beaucoup.

Elle est devenue rouge comme des braises, et Robbie aurait pu se réchauffer les mains à ses joues.

— Je peux te faire un lit de camp…, a-t-il commencé.

— J'aurai besoin d'une autre chambre, a dit Edith au même moment, puis elle a ajouté : — Non, attends. Je vais obtenir une meilleure chambre pour Margaret. Ça pourra être mon cadeau de mariage pour eux.

— Ma poule, tu ne veux pas étaler ta fortune comme ça.

— Très bien, a-t-elle dit en fouillant dans sa poche. Tu prends ça et tu leur assures une bonne chambre. Si c'est toi qui t'en occupes, personne ne te remarquera.

Le forgeron a raclé la gorge d'un air théâtral.

Oh là là, ils allaient commencer.

Pour sa part, William était tout sourire. Margaret aussi.

Robbie s'est rendu compte que, même si ces deux-là n'étaient encore que des inconnus il y a à peine une heure, ils s'étaient manifestement entendus. Ils avaient l'air… heureux ?

Ils ont continué à sourire pendant que le forgeron achevait la cérémonie. En réponse, Margaret et William se sont embrassés.

Edith a poussé un petit cri.

— C'était si rapide.

— Ouais, cinq minutes, ça suffit largement, a répondu Robbie. On n'est pas là pour traîner.

Robbie a serré la main de William et l'a félicité. Margaret a étreint Edith et elles se sont embrassées légèrement sur la joue.

— Je vais vous trouver une meilleure chambre, a dit Robbie. Il est allé juste à côté, au Relais de poste. Il a vite trouvé l'aubergiste et lui a offert une pièce de forte valeur pour une chambre plus confortable, convenant à de jeunes mariés.

— Et si on demande qui est la jeune femme, elle s'appelait Mary Sheffield.

Plus tard, quand il a retrouvé Edith près de la cheminée dans la salle commune, il lui a raconté ce qu'il avait fait.

— Pauvre Margaret, a dit Edith. C'est le troisième nom qu'elle a porté aujourd'hui. Ce sera un miracle si elle s'y retrouve.

— Enfin, de toute façon, c'est Mme William Stewart maintenant.

— C'est vrai, a dit Edith.

Soudain, la détermination a envahi ses traits.

— Maintenant, c'est ton tour.

Robbie a froncé les sourcils, perplexe.

Elle l'a saisi par le coude et l'a entraîné.

— Viens, avant que je change d'avis.

— Tu me demandes de sacrifier beaucoup, a-t-il dit. À commencer par ma sécurité.

— Oui, mais si je ne suis pas mariée quand Valtravers entrera en ville, rien ne l'empêchera de me ramener de force.

— Mais t'as ton libre arbitre…

— C'est un duc, les gens ont tendance à faire ce qu'il veut, et pour l'instant il a bien plus de pouvoir que moi.

— Attends, attends. Il l'a arrêtée. J'ai trouvé quelqu'un pour Margaret, je peux trouver quelqu'un pour toi. Laisse-moi juste un peu de temps.

Elle a reculé, la bouche bée.

— Alors tu ne me rendras pas ce petit service ? Je suis vexée.

— Écoute, oui, je suis un lâche. Si tu ne m'en avais jamais parlé, j'aurais trouvé que c'était une sacrée farce : fiche le bazar dans l'arbre généalogique des Valtravers, venger mon clan, au passage me faire un peu d'argent. Mais… il y a trop d'argent en jeu pour que Valtravers te laisse simplement partir.

— Six mois, a-t-elle dit. On peut tenir jusque-là. Tu as dit toi-même que ton nom était assez courant par ici, de toute façon.

— Mais les gens le sauront. Son cœur s'est emballé de nouveau. Dès que tu ouvriras la bouche, ton accent te trahira.

— Alors apprends-moi à parler comme toi. *Comme toi*. Elle a appuyé sur les mots. Assez mal, d'ailleurs.

Eh bien, il est parti pour l'aventure, il ne pouvait s'en prendre qu'à lui-même.

— Allez, Robbie. Finissons-en, a-t-elle dit en tirant sur sa manche.

— Attends une seconde, et si ta famille refusait la dot parce qu'elle n'approuve pas ?

Edith l'a regardé comme s'il venait de se faire pousser une deuxième tête.

— Alors… Elle a secoué la tête, manifestement en improvisant. Tu seras richement récompensé, dès que j'atteindrai ma majorité. Elle restait inflexible, même si elle a dû lever les yeux vers lui, avec ses yeux limpides.

— Atteindre ta majorité ? Qu'est-ce que ça veut dire, exactement ?

Il l'a fixée du regard, en faisant de son mieux pour paraître aussi intimidant que possible. Tout se passait beaucoup trop vite à son goût.

Qu'est-ce qu'il pensait qu'il arriverait quand il l'aidait à fuir un duc anglais ? Qu'elle s'en irait de sa vie et qu'il continuerait la sienne comme si de rien n'était ?

Bien sûr que non. Il devait savoir, au moment où il a sellé Cinnamon tard la nuit dernière, que sa vie ne serait plus jamais la même.

Mais épouser cette femme décidée à faire des folies, ça faisait un peu trop d'aventure, même pour lui.

La panique a accéléré la respiration d'Edith. Valtravers pouvait entrer en ville à tout moment. Margaret était à l'abri, mariée à un autre, mais si Edith restait célibataire, il n'y aurait rien pour empêcher le duc de la ramener de force à l'autel, de l'autre côté de la rivière.

Reprendre là où ils en étaient.

Comme si la journée d'hier n'existait pas.

Elle a plongé la main dans sa poche et a sorti un shilling. Elle a saisi la paume de Robbie et y a posé la pièce d'argent.

— Le temps presse ici, on arrangera ça plus tard.

— T'as dit « atteindre ta majorité », et j'comprends pas.

Edith a secoué la tête, se demandant ce qu'il baragouinait.

— J'atteins ma majorité à vingt-cinq ans, et là, rien ne

pourra empêcher mon héritage de me revenir. Bien sûr, ils seront fâchés, mais on finira par les amadouer.

Il a plissé le front et a secoué la tête.

— Je ne vois pas comment ils accepteraient un moins que rien d'Écosse à la place d'un duc anglais.

— Mais tu vois, la seule chose pire que d'épouser un moins que rien d'Écosse, c'est *fuir* avec un moins que rien d'Écosse et *ne pas* l'épouser.

Avec intensité, elle a scruté son visage tandis que la compréhension s'installait enfin.

— Ils préfèreraient vraiment ça plutôt que tu restes sans attache ?

— Franchement, oui.

— Et ça se passe comme ça, en Angleterre ?

— À peu près.

— Vous êtes tous fous ! Il a reculé d'un pas, comme s'il voulait prendre la fuite.

Edith a tendu la main pour l'attraper et le ramener vers l'enclume.

— Tout sera bientôt terminé. On n'a même pas besoin d'habiter ensemble. J'ai juste besoin d'être mariée et tu as dit toi-même que ton nom était courant par ici, alors tu peux juste… disparaître dans la nuit si tu veux. Mais j'ai besoin de ce papier !

— Je vais regretter ça, a-t-il protesté tandis qu'elle le traînait jusqu'à l'enclume.

— T'en fais pas, je le regretterai sans doute aussi, a dit Edith.

Il a soupiré et a secoué la tête, mais il a cédé et l'a suivie jusqu'à la forge, où le forgeron leur a souri.

Edith a glissé la main dans son autre poche et en a sorti un shilling. Il y en avait d'autres, mais ils étaient dans son sac de tapis, et celui-ci était à l'étage, dans sa chambre.

Elle a tendu la pièce au forgeron et a dit :

— J'espère que ça couvrira les frais ?

— Largement, a-t-il dit en la glissant dans sa poche.

— Excellent. Le pouls d'Edith s'est emballé. Nous sommes un peu pressés, si ça ne vous dérange pas. Moi, j'accepte, et lui aussi, alors peut-on passer directement aux papiers ?

— Ce sera la version abrégée, a dit le forgeron.

Tout s'est passé si vite qu'Edith se souvenait à peine. Mais une fois que ce fut terminé, le forgeron les a encouragés à sceller le mariage d'un baiser.

Bon sang, elle n'y a pas pensé.

Il fallait que ça paraisse convaincant, parce qu'à un moment ou à un autre, quand Valtravers se présenterait, le forgeron confirmerait qu'ils étaient mariés.

Hésitante, elle a levé le menton vers Robbie et s'est rapprochée.

Il a avancé et l'a rejointe à mi-chemin. Au moment où ses lèvres se sont posées sur les siennes, cela a paru surprenant et… naturel.

Des sensations déroutantes mais bienvenues ont pris le dessus. De petites étincelles d'émerveillement se sont répandues en elle, dansant comme des lucioles sur une brise d'été.

Oh là là, voilà bien quelque chose qu'elle pouvait vraiment apprécier dans le fait d'être mariée.

Au bout d'un instant, Robbie s'est reculé et Edith a cru que c'était fini. Il l'a dévisagée intensément, comme s'il allait poser une question, puis il s'est rapproché et l'a embrassée de nouveau.

Cette fois, il a passé les bras autour d'elle et l'a attirée contre lui. Ses lèvres se sont posées et la pression a augmenté.

Le souffle d'Edith est sorti dans un élan d'émerveillement et de surprise. L'instinct a pris le dessus et elle a rendu ses avances avec une passion égale.

Quand ils se sont enfin séparés, Robbie l'a regardée d'un air sévère. Il a hoché la tête et a souri.

— Ça ira très bien, a-t-il dit.

CHAPITRE 6

Déconcertée et bouleversée au-delà de toute mesure, en épousant cet étrange Écossais, Edith avait enfin sa liberté.

Signer les papiers a pris plus de temps que la cérémonie elle-même. Elle était mariée à Robert et, tant qu'il vivait, elle n'avait pas à épouser Valtravers.

Ni qui que ce soit d'autre, d'ailleurs.

Ils sont arrivés à sa chambre à l'auberge de relais. De nombreux témoins les ont vus monter l'escalier ensemble, alors ils étaient pour ainsi dire mariés comme il faut à présent. Peu importait qu'il ne se passe rien derrière la porte, tout le monde allait croire que si.

Elle a trouvé son sac en tapisserie et a récupéré quelques pièces de plus, qu'elle a tendues à Robbie.

Robbie s'est assis au bout du lit et s'est mis à rire.

— Bon, finissons-en.

Une peur froide a submergé Edith. Il voulait l'embrasser encore, et elle risquait de perdre la tête. Ces baisers étaient très bons.

Elle s'est assise tout contre lui avec bonheur et a repris les baisers. Ils étaient plutôt bons, et des sensations inédites parcouraient son corps. Quelque chose de sourd s'est contracté dans son ventre et elle s'est écartée, troublée par l'étrangeté.

— Est-ce une bonne idée ? Elle avait la voix haletante. — Je dois vivre assez longtemps pour atteindre ma majorité.

— Hein ?

— Enfin, je veux dire, si je meurs en couches avant cela, tu passeras à côté de tout l'argent.

— Oui, et toi tu seras morte. Donc voilà.

Quelle conversation morbide pour une nuit de noces.

Robbie a continué.

— Tu as pensé à ce qui se passe si je meurs avant que tu atteignes ton anniversaire magique ? Valtravers voudra toujours ton argent. Il pensera que c'est son argent. Rien ne l'empêchera de te traîner à l'autel si tu es veuve.

— Vraiment morbide. — Mais en tant que veuve, je n'aurai pas à me remarier.

— Les hommes tourneront autour de toi comme des requins, a-t-il dit avec un sourire, alors tu auras fort à faire pour me garder en vie aussi.

Elle a réfléchi un instant.

— Je pensais que nous prendrions des chemins séparés demain matin, a dit Edith.

Il a incliné la tête et a affiché une expression terriblement condescendante.

— Oui, parce que rien ne dit « vrai mariage » comme les jeunes mariés qui se séparent le lendemain matin, avec plein de témoins dans la salle commune pour les voir.

Le cœur affolé, Edith a dit :

— Et si on descendait par l'escalier de service ?

Robbie a secoué la tête et a ri.

— Quel escalier de service ? Et ne pense même pas à la fenêtre, tu te casseras le cou en descendant.

Elle a soufflé un soupir.

— Eh bien, il faudra s'assurer que nous restions tous les deux en bonne santé jusqu'à mes vingt-cinq ans.

— Ça ne doit pas être si loin ? a-t-il dit.

— Comment oses-tu ! Elle a grogné après sa phrase, manifestement vexée par son insinuation selon laquelle elle paraissait plus âgée que son âge.

Il a secoué la tête.

— Tu en demandes trop.

Ils se regardaient en silence, aucun des deux ne voulait céder.

— Je dois vivre comme un moine jusque-là ?

Edith s'est levée du lit et s'est mise à faire les cent pas.

— Je suis l'unique fille du comte de Bromley. Ma dot sera versée dans seulement six mois, peut-être plus tôt si j'en fais la demande — je suis sûre que le duc en aurait fait autant. J'écrirai à Papa pour demander que les fonds soient libérés plus tôt.

— Je parie qu'il ne le fera pas, et au moment où il apprendra ce qui s'est passé, il cherchera un moyen de revenir dessus.

— Non. Edith a secoué la tête en faisant encore quelques pas. — Il n'oserait pas. Si ?

Robbie a haussé les épaules sans ajouter un mot.

La réalité de la situation a commencé à s'imposer à Edith.

— Avec le temps, mes parents se remettront du choc. Nous devrions aller les voir, pour qu'ils te remettent la dot directement. Histoire d'éviter qu'elle soit versée au mauvais Robbie Stewart.

— Parce que si ton père sait où je vis vraiment, je n'aurai peut-être plus longtemps à vivre ?

Edith a poussé un cri étouffé.

— Il ne ferait jamais ça !

Robbie a haussé les sourcils.

— Peut-être que si, peut-être que non. Je sais qu'il serait bien moins enclin à faire disparaître le père de son petit-enfant à naître.

Edith a mis bien trop longtemps à comprendre ce qu'il voulait dire. Puis elle a eu un hoquet de stupeur devant l'énormité de ce qu'il suggérait.

S'ils arrivaient au domaine familial et qu'elle n'était pas encore enceinte, cela soulèverait quantité de questions sur la véritable nature de leur mariage.

En revanche, si elle portait l'enfant de Robbie, il n'y aurait plus aucun doute.

Avec un profond soupir, elle s'est assise à côté de lui sur le lit.

— Tu as raison, même si je déteste l'admettre, a-t-elle dit.

— Je serai doux, a-t-il dit.

À en juger par son expression, il le pensait.

— Tu me le promets ?

— Oui. À condition que tu m'accordes la même courtoisie.

Cette femme allait être sa perte, Robbie le savait. Elle embrassait comme un ange. Il n'avait pas tant d'expérience pour comparer, mais il pouvait perdre la tête rien qu'à l'embrasser.

Le dîner en bas ne devait pas être servi avant environ une heure. Il a souri à l'idée de se mettre en appétit. Ses baisers étaient plus puissants que le meilleur whisky qu'il ait jamais bu, et elle lui mettait le sang en feu tout autant.

Des pas ont résonné bruyamment dans l'escalier tandis que quelqu'un hurlait :

— Où est-elle ?

Edith s'est reculée. Même dans la douce lueur des chandelles, son visage était livide.

— Où est-elle ? La voix a de nouveau tonné.

Le visage d'Edith s'est crispé.

— Qui est-ce ? a-t-elle chuchoté à Robbie.

— Ce n'est pas ton fiancé éconduit ?

Elle a secoué la tête.

— Sa voix ne lui ressemble pas.

Robbie l'a déposée et a rajusté sa chemise, puis il s'est dirigé vers la porte. En même temps, des coups de poing ont martelé la porte en exigeant qu'on ouvre.

Au moment où Robbie a tourné la poignée, l'homme du couloir s'est jeté contre la porte et a fait irruption, renversant une chaise au passage.

Edith a poussé un cri et a ramené ses pieds sous elle sur le lit.

— Du calme !

Robbie a regardé l'intrus à terre.

— C'est notre nuit de noces !

— Lâchez-la, canaille ! a dit l'homme depuis le sol. Sans sourciller, il s'est relevé et a écrasé du pied le pied de la chaise, l'a brisé et s'en est saisi comme d'une arme. — Lâchez la dame Magdalene !

— Qui ? ont dit Robbie et Edith en même temps.

L'homme a alors tourné la tête vers la voix féminine de la pièce et a détaillé sa silhouette.

— Vous n'êtes pas Magdalene ?

— Non. Edith a secoué la tête.

— Alors, où est Magdalene ?

— Je ne vois pas de qui vous parlez, a dit Edith.

Robbie en avait une petite idée, mais il s'est tu. Il était fort probable que cette Magdalene soit Margaret, qui était dans la diligence avec eux. Mais si cet homme était celui qu'elle devait épouser, il ne lui en voulait pas d'avoir pris la fuite.

L'homme n'a même pas eu la décence d'avoir l'air gêné d'avoir fait irruption chez un couple pendant leur nuit de noces.

— Où l'avez-vous mise ! L'aubergiste a dit que c'était sa chambre !

— J'en sais rien, a dit Robbie en forçant l'accent, dans l'espoir que l'homme s'en aille.

Le visage de l'homme s'est empourpré et il a soufflé d'agacement, puis il a pointé Edith du doigt.

— Si vous ne me dites pas où elle est, je vous ferai fouetter !

Ses yeux étaient ronds et hagards.

Se plaçant entre Edith et l'homme déchaîné, Robbie a dit :

— Ma chère Edith, sois une bonne épouse et descends à la salle commune.

En silence, Edith s'est collée au mur et s'est glissée hors de la chambre.

— Et mon sac ? a-t-il entendu murmurer d'une voix douce.

Il était dans le coin, derrière le forcené.

— Je te l'apporterai plus tard.

Il n'était pas exactement sûr de la sécurité de la salle commune, mais elle devait être bien plus sûre que de rester ici.

— Où est ma Magdalene ! a exigé l'homme.

Si Robbie accentuait encore, l'homme perdrait peut-être plus de temps dans cette chambre.

— J'en sais rien !

— Ne me sers pas tes balivernes d'accent ! Maintenant, où est-elle !

Ses hurlements étaient si forts que toute la ville pouvait probablement les entendre.

Il a jeté un coup d'œil au lit puis a ramené son regard sur l'intrus.

— Elle n'est pas ici !

— Elle se cache, hein ? a-t-il crié, puis il a marché d'un pas lourd jusqu'au lit et a soulevé les couvertures du matelas, dévoilant l'espace en dessous.

Robbie a fait un pas et a attrapé le sac en tapisserie d'Edith. À en juger par les bosses et les renflements, le sac contenait des objets étranges.

L'homme s'est accroupi et a regardé sous le lit, mais il n'y avait personne. Il s'est redressé et a fusillé Robbie du regard.

— Où. Est. Elle.

CHAPITRE 7

— On t'a prévenu, mais tu n'veux pas écouter ! Elle n'est pas ici !

— Espèce d'imbécile, je sais que tu la caches. Elle est roulée dans le sac ?

Robbie a reculé d'un pas et il a heurté le mur derrière lui.

— Il faudrait qu'elle soit minuscule pour y tenir !

L'homme était entre lui et l'embrasure ouverte. Aucun des autres clients ne réagissait encore au vacarme. On n'entendait pas de pas dans l'escalier. Personne ne venait aider.

Il était peut-être fichu, mais il espérait que Margaret et William étaient déjà loin à présent.

— Donne-moi le sac, a dit l'homme.

Robbie a secoué la tête.

— Elle n'est pas là-dedans, à moins qu'elle soit à moitié fée.

— DONNE-MOI CE SAC ! a-t-il hurlé.

— IL N'EST PAS À TOI ! a crié Robbie. — Il n'est même pas à moi. Il est à ma femme.

Son visage était si rouge et gonflé que Robbie s'est demandé s'il allait exploser de fureur.

— Si c'est à ta femme, alors c'est à toi maintenant. Donne.

Quoi qu'il arrive, Robbie n'allait pas donner les affaires d'Edith, mais l'idée que ses gestes rendaient cet homme encore plus furieux l'amusait. Robbie l'a serré contre lui et il a trouvé la fermeture avec une main. Une seconde plus tard, il a renversé le contenu sur le couvre-lit.

— Qu'est-ce que tu fais ?

— Je te donne le sac que tu désires tant. Il comptait lui en prendre un autre.

Tandis que des vêtements de femme et une paire de chaussures de femme tombaient, il a aperçu un petit porte-monnaie qu'il a vite attrapé et il l'a glissé dans sa propre poche. L'homme l'a-t-il vu ? Se redressant, il a tendu le sac de tapisserie vide.

— Voilà, elle n'est pas dedans. Elle est si petite que ça, Magdalene ? Je commence à avoir pitié d'elle, avec un lourdaud pareil pour la poursuivre, et elle qui ne serait qu'une brindille bonne à tenir dans un sac.

L'homme s'est mis à hurler sans suite et il a lancé ses poings vers Robbie.

Robbie n'a pas eu le temps d'esquiver ; le bord de son poing lui a effleuré la tête. Cela l'a sonné un instant et il a cligné des yeux pour lutter contre la douleur. Dieu merci, il n'a pas porté plein fouet.

Le pouls affolé, Robbie a couru vers la porte et il l'a tirée brutalement derrière lui.

C'est alors que William est arrivé en flânant dans le couloir.

— Sacrée façon de passer ta nuit de noces, cousin, a dit William.

— Aide-moi à tenir la porte, j'ai un fou… pas en liberté, mais enfermé dedans.

William a hoché la tête et il a baissé la voix.

— La prochaine fois qu'il tire, lâche tout, sers-toi de sa propre force contre lui.

— Génial !

Robbie a fait exactement cela, retirant ses mains de la poignée quand l'aliéné tirait de l'autre côté.

Comme William venait de le prédire, l'homme est parti à la renverse et il est retombé sur le derrière.

— Bonjour !

William lui a fait un signe de la main, puis il a refermé la porte d'un coup et il a gardé la poignée bien serrée dans ses mains puissantes.

Les bras de Robbie le faisaient souffrir à cause de ses efforts précédents, mais William tenait la porte fermée comme si ça ne lui coûtait rien.

— J'apprécie vraiment d'avoir un forgeron dans la famille, a dit Robbie, admirant la force de son cousin.

— Laissez-moi sortir d'ici ! a dit l'homme à l'intérieur, en martelant la porte de ses poings.

— Je vais le laisser s'épuiser un moment, a dit William.

— Merci, a dit Robbie en saluant son cousin. — Et ta bonne épouse, au fait ?

William a fait un clin d'œil.

— Je l'ai renvoyée chez nous, la famille va s'occuper d'elle. Et la tienne ?

— Ah, je l'ai seulement envoyée à la salle commune. Ton idée est meilleure.

William a esquissé un large sourire.

— Le cerveau *et* les biscotos ; voilà pourquoi je suis le chou-chou de grand-mère.

Robbie a éclaté de rire.

— Merci, a-t-il dit encore.

Il a pris l'escalier vers la salle commune, où il a trouvé plusieurs personnes — dont sa femme — qui le regardaient avec attente.

— Ah… Will l'a coincé dans une chambre. On devrait te faire sortir d'ici.

— Je n'ai aucune idée de qui il est, a dit Edith.

Elle s'est rapprochée de lui et elle a baissé la voix.

— Je me demandais s'il pouvait être —

— — envoyé par le promis de Margaret ? Oui, possible.

— Elle est en sécurité ?

— Oui. Mais au cas où quelqu'un d'autre se pointerait, on ferait mieux de te faire quitter la ville aussi.

Des fracas ont éclaté à l'étage. On aurait dit des bêtes sauvages qui se battaient là-haut.

William pouvait s'occuper de lui-même, mais Robbie a ressenti un pincement à l'idée de le laisser affronter ce cinglé tout seul.

Edith était de nouveau à cheval, elle traversait une autre nuit noire. Contrairement à la nuit précédente, cette fois le paysage était constellé de chaumières et de petites fermes, chacune avec une lueur chaude à l'intérieur.

Cependant, comme la nuit précédente, le temps était exécrable.

Ils ont emprunté deux chevaux dociles aux écuries de l'auberge de poste.

— Tu n'as pas, par hasard, pris le nom de ce Berserker ? a demandé Edith pendant qu'ils avançaient tranquillement sur la route. — Je peux le décrire à Margaret et voir si c'est son galant.

— Pauvre fille, a dit Robbie, j'aurais couru moi aussi. Ma tête bourdonne encore là où il m'a touché.

Edith a eu un hoquet de surprise.

— Il t'a mis un coup de poing ?

Son estomac s'est noué en pensant qu'elle l'avait exposé au danger. Elle prenait à la légère ses inquiétudes pour sa sécurité, et elles se sont révélées réelles.

Bon sang, je suis une hypocrite.

— Il a essayé, il n'a pas tout à fait réussi. S'il m'avait vraiment touché, je ne pense pas que j'aurais revu le jour.

— Oh là là.

— On devrait aller plus vite, alors, a-t-elle suggéré.

À travers la pénombre et le grésil, Robert a plissé les yeux.

— Je ne l'entends pas nous suivre.

— Dieu merci.

Un peu plus tard, — S'il ne me visait pas, pourquoi a-t-il essayé de se battre avec toi ? a demandé Edith.

— Il pensait que je l'empêchais d'atteindre sa prime, je suppose, a dit Robbie.

Il a poussé un rire bref.

— Il croyait que je l'avais bien au chaud dans le sac de tapisserie.

— Plutôt des objets trouvés, vu sa manière de faire, a dit Edith.

— Oui, mais il ne se laissait pas apaiser.

Tout cela commençait à paraître bien plus dangereux que prévu. Dieu merci, William a réussi à mettre Margaret à l'abri.

Mais ils ont vu ce qu'un chasseur de primes déterminé pouvait faire. Et si Valtravers mettait la tête d'Edith à prix, et qu'un autre, que la bagarre ne rebutait pas, voulait encaisser ?

Les temps étaient difficiles, et beaucoup de gens acceptaient toutes sortes de besognes au bon prix.

Ce n'était pas seulement l'air froid qui la faisait frissonner.

La nuit au-dessus ne montrait aucune étoile, l'air si glacé qu'il lui gelait les narines.

Elle a éternué si violemment qu'elle a perdu l'équilibre une seconde et elle a dû se redresser. Dieu merci, elle portait encore son pantalon pour une couche de chaleur en plus.

— On y est, a dit Robbie après quelques minutes de plus. — Prends à droite ici, vers cette chaumière.

Dans la faible lumière, Edith pouvait voir les murs extérieurs en calcaire lisse, qui, quand la lune était visible, brillaient comme des phares. Le toit de chaume paraissait épais et solide, promettant un intérieur chaleureux.

Robbie est descendu le premier, a pris les rênes à Edith et elle s'est laissée glisser.

— Je vais les mener aux écuries derrière. Ensuite je te présenterai la famille.

Debout dans le noir, les yeux d'Edith s'adaptaient à son nouvel environnement. La lueur dorée d'une fenêtre lui donnait envie de jeter un coup d'œil à l'intérieur, mais une grosse toile de jute, ou peut-être une voile de bateau, pendait derrière la vitre.

Les bras serrés contre elle pour se réchauffer, Edith a frappé du pied près de la porte d'entrée. Livrée à elle-même, dans le noir, son esprit moulinait déjà sur les problèmes auxquels elle faisait face.

Ceux auxquels elle et Robbie faisaient désormais face.

Ce cinglé à l'auberge de poste montrait que les hommes pouvaient devenir irrationnels quand on les contrariait. Est-ce qu'il cherchait Margaret ? Magdalene ressemblait beaucoup à son prénom, et Margaret a bégayé sur son nom de famille quand ils se sont rencontrés pour la première fois.

Mieux valait continuer la route et s'éloigner d'ici autant que possible.

Oh, bon sang, elle n'avait vraiment pas envie de rester plantée là, enfermée dans ses pensées plus longtemps, elle allait devenir folle.

Enfin, Robbie est apparu et il a tendu le bras.

— Prête ?

Peu importait si elle ne l'était pas.

— Bien sûr.

Robbie a frappé à la porte d'entrée et il a lancé :

— M'man, c'est juste Rab. J'ai une surprise.

Une voix est venue de l'autre côté.

— Il a intérêt à ne pas s'agir de mercenaires ou je te laisse dehors dans le froid !

Edith a eu un sursaut en entendant à quel point la femme paraissait furieuse.

— Pas ça, M'man, une bonne surprise pour une fois. J'ai ramené une mariée !

— Quoi ? a crié la femme. Des cliquetis de verrous ont suivi, puis la porte d'entrée a grincé et s'est ouverte. — C'est la deuxième mariée aujourd'hui ! Rabby Stewart, j'aurais dû me douter que tu ne laisserais pas Sweet Will en paix une journée ! Oh, bonjour, vous là ! À présent, elle a regardé Edith. — Eh bien, pas la peine de rester là dehors dans le froid, venez donc au chaud.

Une jambe s'est avancée avant que Mère Stewart ne claque la langue.

— Ah, j'ai élevé mon gars mieux que ça. Rab, où sont tes manières ?

— Bien sûr, a dit Robbie.

D'un seul mouvement, il a soulevé Edith dans ses bras et l'a portée par-dessus le seuil jusqu'au cottage.

— Voilà qui est mieux, a dit la mère. — Alors, comment tu t'appelles, poulette ?

— Edith Br... enfin, Edith Stewart maintenant.

— Alors tu t'es mariée avec mon Rab, hein ?

— Oui, il s'est offert galamment, comme un gentilhomme, a répondu Edith.

— Eh bien, tu peux m'appeler Mère Stewart, tout le monde le fait.

Edith a embrassé du regard ce qui s'offrait à elle. C'était une grande pièce unique avec, au milieu, des dalles où brûlait un feu de tourbe. Il n'y avait pas de cheminée, mais le toit était si raide que la fumée montait droit et se tamisait à travers le chaume.

L'air était enfumé ici, et elle a essayé de ne pas tousser.

— L'air est meilleur quand on est assis, a lancé une voix familière.

Edith s'est tournée et a vu Margaret dans l'ombre, assise au bord d'un lit confortable. Un rideau de fortune pouvait se tirer pour lui offrir un peu d'intimité.

— Je suis contente que tu sois saine et sauve, a dit Edith. Elle s'est précipitée pour la serrer dans ses bras.

— C'est la deuxième Anglaise que vous, les gars, avez ramenée dans la famille aujourd'hui. Je dois vérifier auprès des autres cousins ce qu'ils risquent de rapporter demain ?

— Ma, tout va bien. On a eu une petite aventure, c'est tout.

Autour d'un bol de soupe et d'un peu de pain, Robbie,

Edith et Margaret ont mis Mère Stewart au courant des événements de la journée écoulée.

La femme a gloussé quand ils ont terminé.

— La petite Maggie a un malfrat à ses trousses, et Edie a sans doute des mercenaires. Et vous, bande d'andouilles, vous vous êtes mis en danger pour aider ces demoiselles en détresse.

— Ha ! a dit Robbie en se frappant le genou. — Au moins, la mienne peut payer sa part. Puis il a sorti la bourse de sa poche et l'a tendue à sa mère.

Les yeux de la femme se sont arrondis de surprise quand elle en a versé le contenu dans sa paume.

— Pas mal, pas mal du tout. À voix basse, elle a compté les pièces. — Ça paiera peut-être le nouveau toit dont on aura besoin après que les Anglais auront mis le feu au cottage.

— On peut partir demain matin, a dit Edith. — À la première lueur. Puis Edith s'est rendu compte que la première lueur ne serait pas avant neuf heures, alors ils devraient peut-être se mettre en route bien plus tôt.

— Pas la peine, l'a rassurée Robbie. Puis il s'est tourné vers sa mère : — Je vais la ramener à sa famille, où nous expliquerons les circonstances et demanderons la dot d'Edith.

Mère Stewart a gloussé et a regardé autour d'elle.

— La prochaine maison, j'aimerais bien qu'elle ait une cheminée.

Edith a regardé Robbie, voulant expliquer qu'il y aurait de quoi payer une nouvelle cheminée et un nouveau foyer, mais elle s'est rappelé l'avertissement de Robbie au sujet de la valeur de sa dot. On risquait sa vie pour une telle somme. Il valait mieux ne pas trop contrarier sa belle-mère à ce tout début de leur relation en révélant combien elle valait vraiment.

CHAPITRE 8

Le lit n'était pas grand-chose, mais il était plus doux que le sol en terre battue. Chaque muscle du corps d'Edith la faisait souffrir tandis qu'elle s'installait comme elle pouvait sur le lit de camp étroit, en espérant laisser un peu de place à Margaret.

La curiosité tenait Edith éveillée.

— L'homme fou à l'auberge, tu savais qui c'était ?

— Oui.

— Était-il —

— Oui —

— venu pour te ramener ?

Derrière le rideau, Robbie bavardait avec sa mère, comme si c'était simplement une soirée ordinaire.

C'en était si loin qu'Edith avait envie de rire.

— Je comprends pourquoi tu as dû t'enfuir, a dit Edith à Margaret. — Comment t'es-tu échappée, si je puis demander ?

— William m'a mise sur son propre cheval en disant qu'il connaissait le chemin de la maison. Il lui a claqué la croupe et il est parti. J'en serais tombée à la renverse : il connaissait bel et bien le chemin.

Edith a baissé la voix pour être moins facilement entendue.

— Combien de temps es-tu restée ici avant qu'on arrive ?

— Quelques minutes seulement. Mère Stewart ne m'a pas

crue au début, mais une fois qu'elle a vu le cheval, elle a changé d'avis. Je crois que c'est leur seul. Elle restait méfiante, elle pensait que je l'avais volé, je crois. Je suis contente que tu sois là maintenant.

Il a frappé Edith que les privations de ce cottage montraient que la famille n'avait pas grand-chose. Dans ce cas, leur cheval valait énormément. Elle et Robbie avaient emprunté leurs montures et devraient les rapporter le matin. Est-ce que l'homme fou les attendrait à l'auberge de poste, ou se serait-il calmé d'ici là ?

— Comment William a-t-il dit qu'il rentrerait ?

Margaret s'est tournée sur le lit de camp, et Edith a supposé qu'elle secouait la tête.

La jeune femme a poussé un profond soupir et a dit :

— Pas exactement comme j'imaginais ma nuit de noces.

En y réfléchissant, Edith est arrivée à la même conclusion.

— Moi non plus.

— D'un autre côté, c'est mieux que ça n'aurait pu l'être, pour moi du moins.

— Robert veut m'apprendre à parler comme lui, pour que je me fonde mieux dans le décor. Tu devrais sans doute essayer de cacher ton accent aussi.

Les sourcils de Margaret se sont froncés.

— Quel accent ?

Elles ont gloussé toutes les deux et se sont tortillées dans l'espace ridiculement étroit qui pouvait à peine en contenir une.

Edith n'a pas pu s'empêcher de demander :

— Tu es bien ?

— Pas le moins du monde, a répondu Margaret. Elle a

essayé de se réajuster et a fini par tomber du lit de camp. — Reprenons, d'accord ?

Le lit était tout simplement trop petit.

— Ça ne sert à rien, viens là. Edith s'est levée et a cligné des yeux pour se réveiller. — On va faire à tour de rôle. Dors d'abord et moi, je m'assieds sur la chaise.

— Il y a une chaise ? a demandé Margaret en bâillant à s'en décrocher la mâchoire.

— Celle près du feu. Je te laisse te reposer.

— Préviens-moi quand William rentrera.

— Bien sûr. Mais cet homme n'avait aucune chance d'entrer dans ce minuscule lit. Peut-être y avait-il un second cottage tout près, où il habitait et où il pourrait emmener sa femme.

Rien qu'eux deux.

La gêne a gagné Edith tandis qu'elle contemplait le visage rosé de Robbie ; la petite flambée lui donnait une lueur dorée.

Mère Stewart a braqué ses yeux perçants sur Edith.

— Alors, ma fille, Rab me dit que t'as eu une aventure, mais t'es pas sortie de l'auberge.

Il était évident que Robbie lui avait raconté la majeure partie de leur histoire.

— Je dédommagerai le patron de l'auberge de poste pour tout dégât, a dit Edith.

La femme a levé les sourcils pour l'encourager à continuer.

— Et vous aussi, pour les repas et pour tout dommage qui pourrait survenir. J'espère sincèrement qu'il n'y en aura pas. Des dommages, je veux dire.

Mère Stewart a hoché la tête, satisfaite, et a cligné lentement des yeux.

— Bonne fille. Alors, t'as un peu de pognon, hein ?

Il a fallu un moment à Edith pour comprendre.

— Oh, de l'argent ! Oui, j'en ai assez pour être indépendante.

— C'est donc ça ? Tu vas laisser mon meilleur garçon et t'en aller batifoler toute seule pendant que Rabbie ne pourra pas avoir sa propre vie ?

— Oh, grand Dieu, non ! Edith a regardé Robbie, qui pressait les lèvres comme s'il retenait un secret. — Tout ça est arrivé plutôt soudainement, et par accident, en vérité, mais... Elle s'est rappelé leur première conversation sur l'argent, et pourquoi Robbie l'avait accompagnée au départ. — J'ai promis une compensation à votre fils, et il l'a — il a ma bourse.

— Quelques piécettes ! Les yeux de la femme se sont plissés de dégoût. — C'est tout ce que mon gars vaut à tes yeux ?

Edith a aspiré une bouffée d'air, sidérée.

— Je vous en prie, Mère Stewart, ce n'est pas du tout ça. J'ai bien l'intention de récupérer ma dot chez mes parents et de revenir rembourser tout le monde de ses peines.

Robbie a expiré le souffle qu'il retenait et s'est effondré de rire.

— Ma, arrête, tu vas terroriser la fillette ! Il haletait et se tenait le ventre. — Elle teste juste ton cran, elle n'est pas sérieuse !

Mère Stewart a éclaté de rire à son tour, et Edith n'avait jamais été aussi perdue de sa vie.

Elle a poussé un soupir de soulagement et elle a vite jeté un coup d'œil vers le rideau, derrière lequel Margaret, sans doute, gloussait toute seule de joie. Si elle n'était pas déjà endormie.

Quand elle s'est retournée, Mother Stewart l'a de nouveau

regardée d'un œil bienveillant, avec un large sourire chaleureux.

— Je ne m'amuse pas beaucoup ces temps-ci, alors je saisis ma chance quand je peux, a-t-elle dit.

Edith a poussé un autre soupir de soulagement.

Les yeux de Mother Stewart se sont soudain plissés de nouveau.

— Mais tu apporteras l'argent. Je ne plaisantais pas à ce sujet.

Robbie a haussé les épaules, puis il a dit à Edith :

— Elle est sérieuse pour ça.

Edith n'en doutait pas.

— Ma, a dit Robbie, on devrait s'assurer qu'elle ait l'air d'être des nôtres, tu ne crois pas ?

Ma a accepté aussitôt et, pendant un petit moment, ils l'ont encouragée à adapter sa façon de parler. En commençant par ce fichu son « wh », qu'ils prononçaient comme un « f » doux. Ou du moins, c'était ainsi que cela sonnait aux oreilles anglaises d'Edith.

Ma et Robbie ont fait la démonstration, Edith a répété les mots, puis ils ont tous éclaté de rire.

— On t'y amènera un jour, petite, a dit Robbie.

Quelqu'un a frappé violemment à la porte d'entrée.

Mother Stewart a regardé son fils et a dit :

— Ce doit être le jeune Will, ouvre-lui pour moi, mon Rabbie chéri.

Robbie s'est levé et il a croisé de nouveau le regard d'Edith, en articulant « désolé » tandis qu'il passait pour laisser entrer son cousin dans la maison.

— Mauvaises nouvelles, cousin. William n'a même pas pris la peine de faire des politesses. — Le type de l'auberge dit qu'il ne s'arrêtera pas tant qu'il n'aura pas récupéré sa proie. Et j'ai bien peur qu'un deuxième homme se soit présenté, qui réclame maintenant le retour d'Edith.

L'estomac d'Edith s'est noué de peur.

Fuir des poursuivants n'était décidément pas ce qu'elle avait imaginé pour sa nuit de noces.

CHAPITRE 9

En quelques secondes, ils sont montés à quatre sur trois chevaux, Robbie serrant Edith contre lui sur une selle prévue pour une seule personne, tandis qu'ils sont repartis au petit galop dans la nuit sombre et froide, une fois encore.

Encore une fois, Edith était reconnaissante pour la culotte sous ses jupes. Elle était ridiculement inconfortable, mais si elle se rejetait en arrière, elle écrasait les parties intimes de Robbie, et mieux valait ne pas y penser.

Margaret a enfilé quelque chose que William appelait des braies écossaises et elle pouvait, elle aussi, monter à califourchon.

C'était une autre nuit sombre comme la précédente, mais William connaissait le terrain. Pour cela, Edith lui en était de nouveau reconnaissante. Faisait-il encore plus froid ? Edith avait l'impression que ses oreilles allaient se casser au prochain coup de vent.

Leur cheval a gardé une bonne allure régulière dans l'obscurité. Plaquée contre William, elle l'a encouragé à parler pour l'aider à rester alerte dans ces conditions glaciales.

Son souffle chaud dans sa nuque l'a un peu aidée. Il a aussi fait naître en elle des pensées plus tièdes, ce qui l'a réchauffée davantage.

Il a continué à lui donner des consignes pour sonner écossais comme lui. Il disait « Aye » avec son fort accent, et elle répétait avec ses voyelles anglaises arrondies.

— Non, petite. Serre la bouche, comme si tu essayais de te protéger du grésil, essaie comme ça.

Elle l'a fait, et ça sonnait tellement plus comme lui.

— Tu y es arrivée, petite ! Il a poussé un cri de joie. Edith a ri avec lui, même si elle avait de nouveau perdu toute sensation dans ses pieds.

Ses pauvres pieds, ou *puer* comme Robert pourrait dire. Se remettraient-ils un jour de ces conditions épouvantables ?

Avant qu'ils ne gèlent tous les quatre sur place, William a signalé une grange où ils pouvaient se réfugier. Les yeux d'Edith la trompaient-ils, ou y avait-il un grenier à l'étage où ils pouvaient se reposer confortablement ?

Ils sont descendus — encore une fois, non sans grimacer — et ils ont conduit les chevaux à l'abri.

Il y avait déjà d'autres animaux ici, à l'abri de la nuit. Deux vaches ont meuglé en voyant les intrus et des moutons se sont mis à bêler aussitôt.

Et fort.

— À ce rythme, ils vont réveiller le fermier, a dit Robbie.

— Doucement, maintenant. Margaret a marché devant eux comme si c'était chez elle, et ses bêtes.

— Quelle belle fille tu es, a-t-elle dit.

Edith s'est penchée vers Robbie et a demandé :

— À qui parle-t-elle ?

Robbie a haussé les épaules et a dit :

— Aux vaches, je crois ?

En effet, la voix apaisante de Margaret a aussitôt calmé les vaches. Les moutons ont suivi peu après.

William a hoché la tête, admiratif.

— Où as-tu appris ce tour bien pratique ?

— Les laitières, a-t-elle répondu avec assurance.

Elle n'a pas donné plus d'explications. Edith était trop fatiguée et confuse pour poser d'autres questions. Il y avait une surface assez plate en haut d'une petite échelle, et elle avait l'intention d'y dormir dès qu'elle le pourrait.

Une fois en haut, elle a senti Robbie se blottir contre elle pour partager leur chaleur. Il a posé son manteau sur eux deux et son bras s'est laissé aller paresseusement sur sa hanche.

Choquée et alarmée par cette intimité, elle a oublié comment respirer. Robbie, pour sa part, s'est endormi immédiatement.

Un coq a tiré Edith de son sommeil par son enthousiasme pour le nouveau jour. Tout faisait mal. L'idée de passer une autre journée sur une selle partagée faisait déjà protester ses muscles. Un mal de tête s'est formé à l'arrière de son crâne, histoire d'ajouter un peu de misère.

Et elle avait faim.

À sa surprise, Robbie, William et Margaret étaient déjà réveillés et discutaient des stratégies. Devaient-ils aller voir le fermier et demander s'ils pouvaient rester ? Peut-être que William et Robbie pouvaient proposer de travailler en échange de l'abri ?

Ou bien, ils pouvaient repartir. Il y aurait une demi-journée de cheval jusqu'à la ville suivante.

Ils pouvaient retourner à Coldstream, en espérant que la brute — ah oui, c'est vrai, ils étaient deux désormais — s'était désintéressée d'eux ?

William a eu une idée, même s'ils n'allaient peut-être pas l'aimer.

— Et si on rendait Margaret et qu'on réclamait la prime ?

— Pourquoi me livreriez-vous ? a-t-elle dit, stupéfaite.

William a dit :

— On te sauverait aussitôt après, bien sûr, mais on aurait ta prime.

Margaret a secoué la tête :

— Tu es fou. Mais aussi, Wil... quelqu'un pourrait être blessé. Qu'est-ce qu'on peut essayer d'autre ?

— Je vais écrire à mes parents, a proposé Edith.

Margaret a regardé Edith avec quelque chose qui ressemblait à de l'exaspération.

— Nos parents sont la raison pour laquelle on a dû s'enfuir. Je ne suis pas sûre qu'ils seront d'une grande aide.

— Ça ne dépendra pas d'eux, a dit Edith, se sentant vertueuse. C'est contraire à la loi de ne pas verser la dot d'une femme.

— Aye, petite, j'apprécie tout ça, a dit Robbie, mais ça prendra des mois. Il faut qu'on décide quoi faire d'ici là.

William a renchéri :

— Elle vaut combien, la dot ?

Edith le lui a dit.

Ses yeux à lui et ceux de Margaret se sont arrondis comme des soucoupes en entendant le montant.

— Alors, et je ne veux pas paraître mercenaire, mais pourquoi ne pas les payer pour qu'ils nous fichent la paix, ces chasseurs de primes ? Les deux ?

Le visage de Margaret s'est tourné vers lui :

— On fait quoi ?

— D'accord, hier soir c'était tout en muscles et en colère, et je parie que l'autre est tout autant un ogre, mais l'un des deux doit bien avoir un peu de cervelle. Offrons-lui plus d'argent pour qu'il laisse Margaret tranquille.

— Ils ont le droit de faire ça ? a demandé Margaret.

William a haussé les épaules :

— Ça vaut le coup d'essayer. Il suffit de lui parler calmement. On le paie — plus que ce qu'il aurait touché en te livrant — et il n'a même pas besoin de retourner chez l'ancien soupirant de Maggie. Il peut filer vers... n'importe où, vraiment.

Edith n'a pas manqué de remarquer le petit nom que William donnait à sa nouvelle épouse.

— Dommage qu'on ne puisse pas lui offrir un travail ici, a dit Robbie. — De la poigne serait utile pour assurer un peu de sécurité de temps en temps.

— Aye, contre les Anglais maraudeurs, a ajouté William.

— Mais... ce ne sont pas des Anglais ? a demandé Margaret.

— Aucune idée, a dit William. Il hurlait trop pour qu'on décèle vraiment un accent. Mais on devrait au moins essayer.

Une idée a traversé l'esprit d'Edith.

— À quelle fréquence ça arrive ?

— Quoi donc, ma poule ? a demandé Robbie.

— À quelle fréquence des hommes viennent-ils chercher des fiancées en fuite avec une prime sur leur tête ?

Robbie et William se sont regardés, pensifs.

— Peut-être une fois par an, pas si souvent.

Ils la regardaient avec attention.

Edith a continué :

— Si c'est rare, ils ne renonceraient pas à un revenu régulier en arrêtant d'être chasseurs de primes.

Les yeux des hommes se sont éclairés.

Robbie a souri et il a demandé :

— Tu as une idée en tête, pas vrai ?

Il l'écoutait vraiment, et il réfléchissait sérieusement à ce qu'elle disait.

— J'y viens. Combien de couples en fuite passent la frontière pour venir à Coldstream ?

— Beaucoup plus que ça, a dit William. Mais pas autant qu'à Gretna. J'ai entendu dire que le forgeron là-bas gagne plus en mariant les gens qu'en martelant le métal.

— Je sens poindre une occasion d'affaires.

— Est-ce que c'est pour sauver des fiancées en fuite ?, a demandé Robbie.

— Oui, a dit Edith en rayonnant.

Robbie s'est tourné vers William et Margaret. — Vous allez adorer cette idée, a-t-il dit. Puis il s'est retourné vers Edith. — Dis-leur, a-t-il ajouté.

Alors elle s'y est mise, déjà ravie que Robbie adhère à son idée. — J'y ai encore réfléchi, et j'ai besoin de quelques personnes pour former une équipe de sauvetage, pour tirer des fiancées de mariages horribles. Je sais que des couples filent par-delà la frontière jusqu'à Gretna, et tant mieux pour eux, mais moi je parle de sauver des fiancées seules, et de les aider à échapper à des hommes abominables.

— Vas-y, a encouragé Robbie.

Elle avait envie de lui saisir le visage et de l'embrasser, tant il se montrait encourageant.

— Des Anglais odieux, a-t-elle précisé.

William s'est mis à sourire à son tour.

— On les sauve et on les amène à Coldstream, a expliqué Edith. Et voilà la partie la plus amusante : on les marie à des hommes convenables de ce côté-ci de la frontière. Ensuite, ces femmes sont libres de faire ce qu'elles veulent.

— L'idée me plaît, a dit William, mais que fait-on si des mercenaires débarquent pour récupérer les jeunes femmes contre une prime ? Je suis en forme, d'accord, mais il me faudra peut-être du renfort.

— C'est là qu'il faut négocier avec ces deux hommes qui sont déjà à Coldstream : si on les engage, ils seront notre force. On leur offrira un bon paiement mensuel pour les garder de notre côté. S'il arrive d'autres mercenaires, ils s'en chargeront.

— C'est génial, a dit Robbie avec un large sourire.

— Oui, a approuvé William.

Edith a expliqué : — Ça n'affectera en rien les affaires de Gretna, donc on ne leur fera pas d'ombre. Mais les femmes que nous sauverons, je suis sûre qu'elles seront ravies de payer une petite part de ce qu'elles valent pour assurer leur liberté.

William a toussé et a dit : — Minute, tu parles d'un enlèvement…

— D'un sauvetage, a corrigé Edith.

— … De dames avec de bons dots. Des nobles, et ce genre de personnes.

— Oui, a souri Edith. Elles valent plus. Évidemment.

William a secoué la tête. — Tu es en train de défaire les projets de mariage des grandes maisons d'Angleterre. Les alliances familiales vont partir en fumée !

Robert a ri. — C'est pour ça que c'est si brillant !

Une chaleur douce s'est répandue en Edith à la force du sourire de Robbie. L'enthousiasme de celui-ci pour son plan lui insufflait directement force et approbation. Ils ont commencé leur vie commune dans des circonstances éprouvantes, mais, par pur hasard, elle a découvert quelqu'un qui l'écoutait vraiment.

C'était raisonnable de la part de Margaret de ne pas raffoler de l'idée, surtout si cela pouvait signifier se retrouver nez à nez avec l'homme qui a essayé de l'enlever pour la ramener à son ancien fiancé. Edith n'était pas emballée non plus à l'idée de revoir le mercenaire qui est venu pour elle.

— On te protégera, ma belle, a dit William à sa femme, sa main cherchant la sienne pour la réconforter. On ne te perdra plus, maintenant.

Robbie a sorti la bourse de son gilet et l'a tendue à Edith.

Edith a hoché la tête en la prenant. — On s'en servira pour payer la brute.

— Il n'en est pas question ! a dit Robbie.

— Et pourquoi donc ? Il devait en rester beaucoup là-dedans. J'ai attrapé toutes les pièces que je pouvais avant de fuir Lammerton Hall.

— On n'est pas de pauvres petites gens, on n'a pas besoin de charité.

— Ce n'est pas de la charité, c'est un investissement pour notre avenir, a-t-elle dit en lui repoussant la bourse dans les mains. Puis elle s'est tournée vers William. — Fais entendre raison à l'homme de ton clan.

William a levé un sourcil curieux. — Il y a combien là-dedans ?

Robbie a renversé la bourse, faisant tinter les pièces dans sa main. Puis il les a comptées et il a dû s'arrêter un instant.

— Ce sont toutes des couronnes ! a dit William avec étonnement.

— Oui, et alors ?, a demandé Edith.

— Tu m'as donné une couronne pour les tourtes au porc.

J'ai pensé que tu l'avais prise par erreur et que tu voulais une pièce plus petite. J'ai dû la cacher et payer trois pence chacune.

William s'est mis à rire.

— Qu'est-ce qui te fait rire ?, a demandé Edith.

— Si je donnais une couronne au marchand de tourtes, il penserait que je l'ai volée. Et je doute qu'il ait la monnaie, de toute façon. Il y en a une sacrée somme, là-dedans.

— J'espère seulement que ça suffira à payer les brutes. En attendant, j'en prendrai une pour la donner au fermier, pour le remercier de nous avoir laissés passer la nuit ici.

— Il pensera que tous ses Noëls arrivent d'un coup, a ajouté Margaret.

Oh, bon sang, Noël allait bientôt arriver. Dans la folie de son aventure, Edith a complètement perdu la notion des jours.

— C'est quand, Noël ?, a-t-elle demandé.

— La semaine prochaine, a dit Robbie.

Le fermier reconnaissant et sa famille ont chargé William et Robbie de sacs de provisions.

— Je ne savais même pas que vous étiez là-dedans, a-t-il dit. Je me demandais pourquoi les vaches étaient si calmes. Quand elles s'y mettent, elles peuvent meugler toute la nuit.

William portait un sac en chevauchant un cheval. Edith proposait d'en porter un autre en montant la sienne, tandis que Robbie marchait à côté d'elle.

La chaleur de son corps lui manquait quand elle montait avec lui, mais c'était trop compliqué avec toute la nourriture supplémentaire qu'ils devaient ramener. Même Margaret portait plusieurs choses attachées à sa selle.

Plus ils s'approchaient de Coldstream, plus une angoisse glacée lui serrait le ventre. Et si les mercenaires refusaient tout arrangement ?

William et Robbie se sont plus ou moins occupés de l'un des brutes, mais de deux ?

Ils sont bientôt rentrés chez eux, où la chaumière de Mother Stewart semblait intacte. Il n'y avait pas de signe apparent de dégâts non plus, ce qui paraissait étrange. Edith était soulagée. Robbie se méfiait.

— J'étais sûr qu'on rentrerait au moins sur un toit brûlé. Cet homme était sur nos talons.

Edith a ouvert la porte et a regardé dehors à nouveau, et c'est là qu'elle a vu de profondes traces de bottes dans la boue. — Robbie, ce serait les empreintes de ton père ?

Robbie est venu rapidement. — Pas à moins qu'il se soit relevé d'entre les morts. Il est mort il y a cinq ans.

— Alors je suis désolée pour sa disparition. Qui a bien pu faire ces traces ?

Edith a montré les marques, qui étaient gelées par endroits à cause du froid.

— C'est peut-être pour ça qu'on ne trouve pas Ma, a-t-il dit, puis il a appelé William pour qu'il vienne vite.

Le visage de William a pâli. Il a regardé ses propres bottes et celles de Robbie. Les deux paires étaient encore remarquablement propres malgré tout le chemin parcouru.

— Je crois qu'ils ont pris Ma, a dit William. Peut-être qu'ils pensent pouvoir l'échanger contre Maggie et *Edie* ?

Edith n'était pas tout à fait sûre d'aimer le surnom *Edie*, mais ce n'était pas le moment de chipoter.

— Oui, a approuvé Robbie aussitôt, et il a ramené Edith et Margaret dans la chaumière.

— Mesdames, restez ici et gardez la porte verrouillée, a-t-il dit. N'ouvrez à personne sauf à nous. Ou à Ma, si elle parvient à revenir et qu'il s'avère qu'on court après une chimère.

Quelques secondes plus tard, ils sont partis.

Margaret souriait.

— Qu'est-ce qui te fait sourire ?, a demandé Edith.

— Ce n'est pas ça. Je pensais juste : n'est-il pas magnifique, la façon dont il s'élance pour sauver ceux qu'il aime ?

Edith a penché la tête. — Bon sang, tu as vraiment pris le tien en affection !

Elle a souri de plus belle. — Je me sens incroyablement chanceuse dans ma situation actuelle. Tu n'aimes pas le tien ?

C'était comme si elles discutaient d'une paire de chatons reçus d'une même portée, plutôt que de deux hommes adultes qui se sont montrés à la hauteur quand elles en ont eu besoin.

— J'apprécie beaucoup Robbie, je suis chanceuse que nos chemins se soient croisés, a déclaré Edith.

— Oh, allons, où est ton sens de l'aventure ? Il est merveilleux !

— Plutôt, a-t-elle lâché avant même de se rendre compte de ce qu'elle venait d'admettre.

Margaret a ri. — J'étais fâchée contre lui parce qu'il t'a fait rester silencieuse dans la diligence, mais c'était pour une bonne raison. On n'a pas bavardé tout le long du trajet, donc personne ne nous a entendues discuter de ce qu'on pourrait faire. Plutôt malin, quand on y pense.

— C'est vrai, a réfléchi Edith, même si j'ai détesté ne pas pouvoir parler.

Elles sont rentrées dans la chaumière et ont refermé la porte contre ce temps exécrable. Il a fallu un moment pour que ses yeux s'habituent. — Je n'ai dit à personne que je partais, j'ai juste pris ce que je pouvais et je suis partie. Et toi ?

— Je n'ai même pas pris ce que je pouvais, a répondu Margaret. — Je n'en ai pas eu le temps.

— Et pourtant les mercenaires nous ont quand même retrouvées. Tu es sûre que personne ne savait dans quelle direction tu voyageais ?

Margaret a pâli à ces mots et sa bouche s'est ouverte.

— Ah… eh bien…

— Quoi ?

— Je… peu importe.

Une horrible inquiétude a traversé Edith.

— Tu as dit à quelqu'un où tu allais ?

— Épluchons ces pommes de terre, veux-tu ?

Edith ne comptait pas la laisser changer de sujet.

— Margaret, qu'est-ce que tu as fait ?

— Très bien ! Elle a soufflé et a levé les yeux au plafond. — Quand je suis arrivée à Newcastle, j'ai écrit à ma mère et je lui ai dit que je partais vers le nord.

Edith n'avait pas envie de réprimander la pauvre femme, parce qu'elle en avait déjà tant traversé. Écrire une lettre ne serait peut-être pas si grave, pourvu que seule sa mère l'ait lue.

— À qui l'as-tu confiée ?

— Je l'ai remise à un messager, avec une pièce en plus pour qu'il ne la livre qu'à ma mère, et puis je devais monter dans le carrosse, alors… Margaret a haussé les épaules, impuissante.

— Il n'y avait aucun moyen de savoir si le messager le ferait ?

— Je suppose que non.

Edith ne pouvait pas lui en vouloir ; c'était le genre de chose qu'elle aurait pu faire, si elle avait eu la moindre minute pour cela. Sans les conseils de Robbie, nul ne savait dans quelle direction elle aurait fini par partir.

De plus, il y avait toutes les chances que les hommes qu'ils avaient éconduits aient les moyens d'envoyer des mercenaires dans toutes les directions.

Vu ses propres sentiments envers ses parents — même si elle leur en voulait terriblement d'avoir arrangé un si mauvais mariage — il lui aurait paru naturel d'envoyer un mot à Maman pour la rassurer.

Ne pas pouvoir faire confiance à l'honnêteté d'un messager ? Où allait le monde ?

— Bon, ce qui est fait est fait, concentrons-nous sur la suite.

Elles ont lavé les pommes de terre et ont retiré les pires taches sombres, puis elles les ont mises dans une marmite avec de l'eau.

— Voyons si Mother Stewart a des herbes qui pendent quelque part, a dit Margaret en fouillant dans quelques placards. Après quelques minutes, elle s'est retournée avec une botte de ce qui ressemblait à de l'herbe sèche à la main.

— Qu'est-ce que c'est ? a demandé Edith.

— De la ciboulette, bécasse ! a ricané Margaret.

— Oh, bien sûr, a bluffé Edith. — Je ne voyais pas très bien, c'est tout.

Edith a ensuite cherché du beurre, mais elle a trouvé un bloc de sel là où elle pensait trouver le beurre.

Pendant qu'elle raclait un peu de sel dans un plat, Edith a levé la tête.

— Tu crois qu'ils vont convaincre ces brutes d'accepter l'argent ?

— Je crois que William saurait faire descendre les oiseaux des arbres, a dit Margaret avec un sourire satisfait.

Décidément, la jeune femme était réellement éprise de son mari.

Un pincement de jalousie a surpris Edith : elle n'était pas aussi lyrique au sujet de son soupirant. Du moins, pas encore. Elle s'attachait à lui, c'était vrai. Il l'écoutait, et cela la mettait déjà à moitié amoureuse.

Elle se réjouissait pour son amie, mais malgré tout, elle espérait que sa propre situation puisse devenir au moins aussi favorable que celle de Margaret.

— Je veux dire, a poursuivi Edith, j'imagine qu'on sait toutes les deux que, quand on offre de l'argent à quelqu'un, il l'accepte. Mais tiendront-ils parole, voilà ce que je veux dire.

— Laissons les hommes s'occuper des brutes, a dit Margaret en souriant, pendant que nous nous concentrons sur le repas pour fêter leur retour.

Edith n'était pas aussi utile en cuisine que Margaret. La jeune femme avait calmé les vaches la veille au soir, et aujourd'hui elle savait composer un festin avec des choses ordinaires.

Qu'est-ce qu'Edith pouvait faire ? Jusqu'à présent, tout ce qu'elle avait apporté, c'était de l'argent et pas mal d'ennuis.

— Tu peux aller voir au jardin s'il y a du romarin ? a demandé Margaret.

— Ça, je peux, a dit Edith, en ayant l'impression que la tâche lui donnait un but.

Au moment où elle est sortie, une bourrasque glacée et du grésil lui ont fouetté le visage. Ce serait un miracle si quoi que ce soit poussait par ce temps. Elle a fait le tour de la chaumière, à la recherche d'un potager. Après avoir entièrement fait le tour du bâtiment, elle est revenue bredouille.

Découragée, elle a failli partir vers la chaumière voisine

pour demander aux occupants s'ils avaient des herbes, quand elle a entendu le bruit sans équivoque d'une troupe en goguette qui approchait.

Sa main s'est portée à sa bouche. C'étaient Robbie et William, avec Mother Stewart et une brute effrayante, qui avançaient ensemble vers la chaumière.

Une seule brute, pas deux. De toute évidence, ils n'avaient pas réussi à convaincre les deux. Dommage.

Ils chantaient l'histoire d'un beau garçon qui voguait par-delà la mer jusqu'à Skye.

— À la vôtre ! a crié Robbie en voyant Edith.

Edith a resserré son manteau autour d'elle.

— À la vôtre ! Peut-être que, par ici, on portait des toasts plus tôt dans la saison. Elle avait l'habitude de ce divertisse-ment la veille de Noël seulement.

Cela ne semblait pas concerner les Stewart, ni leur nouveau compère, qui entonnaient le refrain à pleine voix.

Margaret est sortie pour voir d'où venait tout ce vacarme.

— Maggie ! a crié William. Il a quitté le groupe et a couru vers elle, puis il l'a soulevée et l'a fait tourner.

Quand il l'a reposée, ils se sont embrassés de bon cœur et Edith a dû détourner le regard.

À présent, les trois autres avaient atteint la porte. Mother Stewart paraissait indemne, d'où qu'elle vienne.

— Je suis terriblement désolé pour tout ce grabuge, a dit l'énorme homme. Il s'est présenté d'une profonde révérence.

— Michael Barwon, homme d'armes à gages, pour vous servir.

— Certes, mais tu n'es plus un homme d'armes à gages, a dit William.

— C'est vrai, et il me faudra m'y habituer.

La bringue s'est poursuivie à l'intérieur autour du petit feu.

Margaret a servi des légumes bouillis aux herbes et a parsemé chaque assiette d'une pincée de sel comme si c'était un festin.

L'heure suivante a été confuse, tandis que Mother Stewart les régalait du récit de sa nuit de terreur aux mains de ses deux agresseurs, furieux de découvrir que la femme qu'ils avaient enlevée n'était aucune des deux mariées qu'ils traquaient.

— Je t'ai à peine touchée ! a dit Michael. — Et de toute façon, je te prenais pour Margaret.

— Nous ne nous ressemblons pas du tout, a dit Margaret en fronçant lourdement les sourcils.

Edith a dû ravaler un rire. Il y avait aussi de nombreuses années entre Mother Stewart et Margaret, mais elle n'a rien dit.

— J'ai dormi dans ton lit, ma fille, s'est vantée Mother Stewart, en me disant que si quelqu'un venait te chercher, il me trouverait. Eh bien, c'est ce qui est arrivé.

Michael a défendu ses talents d'enleveur, apparemment médiocres.

— Il faisait noir !

La bringue a continué, William ayant déniché une flasque de quelque chose d'agréable, tandis qu'il racontait à Edith et Margaret comment ils avaient négocié avec les brutes — ce qui n'avait réussi qu'à moitié.

Michael a haussé les épaules et a dit :

— Ça me paraît un marché honnête, mais John n'a pas pu être convaincu. Il veut toujours connaître votre position et a l'intention de vous ramener à Valtravers.

Edith a avalé avec peine, malgré l'énorme nœud dans sa gorge. Le mercenaire qui voulait la ramener à Lammerton Hall courait toujours.

CHAPITRE 10

Robbie voyait le malaise d'Edith et de Margaret. Ce colosse, Michael, les avait terrorisées la veille encore. À présent, on rompait le pain. Enfin, pas le pain, mais des pommes de terre. Et l'autre homme qui cherchait Edith n'avait pas été persuadé de se joindre à eux.

Il a dit qu'il retournerait à Valtravers et qu'il porterait la nouvelle que sa promise avait épousé un autre.

Mais pouvaient-ils le croire sur parole ?

— Mesdames, merci pour ce festin, a dit Michael en leur adressant un signe de tête.

À présent qu'il avait mangé, et qu'il était bien plus calme, l'homme paraissait abordable. Il faudrait du temps avant qu'ils deviennent vraiment amis. La confiance semblait à mille lieues, mais ils y arriveraient un jour.

Ma semblait la plus détendue de tous, ce qui le surprenait, sachant que Michael l'avait enlevée en plein milieu de la nuit.

— J'admire ce nouveau projet que tu as monté avec mes garçons, a dit Mother Stewart à Edith.

— Oh ? Sa toute récente épouse paraissait surprise qu'ils aient discuté de quoi que ce soit.

— Il a du mérite, oui, a-t-elle dit d'un ton approbateur. — Et ta dot le fera marcher à merveille.

Edith paraissait encore plus mal à l'aise.

—Je me sens un peu oublié, a coupé Michael.

Ma s'est redressée.

— Pourquoi dis-tu ça ? Tu es essentiel à l'opération !

— Oui, mais seulement comme la force, a-t-il déploré. — J'ai l'impression qu'on m'a collé l'étiquette du type bon à une seule chose.

Robbie a eu envie de rire, mais il s'est retenu. Il ne voulait pas se mettre à dos leur nouveau partenaire qui parlait avec ses poings.

Il s'est tourné vers Edith, qui avait l'air nerveuse et ne lui a pas répondu d'abord. Il ne lui en voulait pas, étant donné que le deuxième homme, John, n'a finalement pas rejoint leur entreprise.

Il s'est rapproché d'elle et a gardé la voix basse. — Tout va s'arranger, j'en suis sûr.

Elle a posé son bol et a sorti un petit mouchoir de sa poche. D'un geste plein d'aisance qui lui rappelait son rang élevé, elle a tamponné le coin de sa bouche. — La lune est sortie, ce soir ?

— Peut-être bien, a-t-il dit. — Tu veux que je t'aide à la chercher ?

Edith a hoché la tête et lui a adressé un sourire nerveux.

— Allons jeter un petit coup d'œil.

Ils ont enfilé des manteaux et des bottes pour sortir et scruter le ciel, à la recherche de quoi que ce soit. Les dernières nuits étaient particulièrement sombres, avec de si lourds nuages.

— Tu t'y connais en lune, alors ? a-t-il demandé en se tenant tout près.

Dehors, le vent hurlait affreusement, et la neige fondue les cinglait de nouveau. À ce rythme, un Noël et un hiver bien misérables les attendaient.

— Tu as l'air transie, a-t-il dit, en passant un bras autour de ses épaules. À son grand soulagement, elle s'est blottie contre lui.

— Il faut que je te parle, a-t-elle commencé. — Je ne pouvais pas là-dedans, avec tout le monde qui écoutait. Je n'ai pas confiance en Michael.

Il ne lui en voulait pas. — Aucun de nous n'a vraiment confiance, c'est pour ça que William et moi, on le surveille de près.

— Non, mais moi, je n'ai vraiment, *vraiment* pas confiance. C'est une brute. Comment as-tu pu l'inviter chez toi alors qu'il a enlevé ta chère maman ? Et où est passé John ? Tu crois qu'il est reparti, ou bien il rôde dans Coldstream, prêt à m'attraper à la première occasion ?

— Je te protégerai, a-t-il dit.

— À cause de l'argent, a-t-elle répliqué. Mais pourquoi était-elle si odieuse avec lui ? — Je ne voulais pas être si dure. Je dois être épuisée.

— Mais tu as raison, ma belle, c'est en partie à cause de l'argent. Mais c'est aussi pour te protéger, et me protéger moi aussi. Je veux dire, maintenant qu'on est mariés, on ne peut pas enfreindre la loi et se remarier, même si on en avait envie.

Elle a hoché la tête. — Je suppose.

— Ce qui veut dire que je suis probablement plus en danger que toi. Parce que, comme on en a déjà parlé, si tu es veuve, tu es libre d'épouser qui tu veux, puisque moi je serai mort.

Elle respirait vite, son souffle formant des nuages de vapeur. — Il faut retrouver ce John et l'arrêter, alors.

— Il ne sera nulle part dans les parages. Je suis sûr qu'il est en route vers Lammerton Hall. En attendant, on file chez tes parents, comme ça, même s'il revient à Coldstream, tu n'y seras pas.

Il ne comprenait pas ce qu'elle voulait dire. — Robert, écoute-moi. Il sait que je suis ici, il sait que tu es ici. Sa prime consistait à me ramener à Valtravers, mais il n'a aucune obligation de te protéger. Il faut partir d'ici cette nuit avant qu'il nous retrouve et fasse une énorme bêtise !

— Oh, ma belle ! Tu t'inquiètes pour moi.

— Bien sûr que oui ! a-t-elle crié. Elle a tapé du pied en même temps. — Tu es mon mari, et je serais folle de chagrin s'il t'arrivait quoi que ce soit.

— Vraiment ? a jailli de sa bouche avant qu'il n'ait eu le temps d'y penser. Mais il s'est rendu compte qu'il avait désespérément besoin de savoir. — Tu tiens à moi ?

— Oui ! a-t-elle dit. Elle lui a asséné une claque sur le bras. — Contre toute raison, j'y tiens *vraiment* !

— Oh, je ne laisserai rien t'arriver, c'est ma promesse solennelle.

Il s'est penché pour l'embrasser, mais elle était déjà là, ses lèvres pressées contre les siennes.

Un feu lui brûlait le ventre tandis que la neige fondue glacée dansait autour de sa tête.

Elle s'est détachée du baiser, l'humidité sur leurs lèvres figeant presque leur peau l'une à l'autre.

—Je sais que tu prendras soin de moi, Robbie, mais j'aimerais que tu prennes soin de toi. Plus vite on récupérera l'argent et on le répartira, mieux on s'en portera tous.

Edith comprenait à présent que Robbie — quand donc est-ce qu'elle a commencé à l'appeler ainsi plutôt que Robert ? — prendrait soin d'elle. Mais l'imbécile de malheur ne savait pas prendre soin de lui. Il pensait que ses craintes étaient exagérées.

Bon sang, il n'écoutait pas.

— J'ai besoin que tu fasses attention, a-t-elle dit.

Il a pris un ton bravache. — Écoute-moi ça, tu me donnes des ordres, maintenant.

Il était exaspérant ! Il faisait un froid de canard, et elle n'avait aucune intention de rester dehors plus longtemps que nécessaire. Surtout avec quelqu'un qui ne pensait pas que ses inquiétudes valaient la peine d'être écoutées.

— Je rentre, a-t-elle dit, son souffle fumant. Ça aurait tout aussi bien pu sortir par ses oreilles, tant elle était frustrée.

C'était une façon terrible de commencer un mariage.

Peut-être que, le matin, elle trouverait de meilleurs mots pour le convaincre. C'était ça, le problème : elle était exténuée. Tout ce dont elle avait besoin, c'était d'un vrai sommeil.

Tout serait tellement plus simple demain.

CHAPITRE 11

Au milieu de la nuit, Edith a senti quelqu'un la pousser dans le lit. Si c'était Robbie qui essayait de faire valoir ses droits conjugaux, il n'a *vraiment* pas choisi le bon moment !

Brusquement, un tissu s'est plaqué sur sa bouche. Puis quelqu'un l'a saisie et l'a serrée fort. Le cri qu'elle a poussé a été étouffé. Celui qui l'emmenait lui a passé une cagoule de toile sur la tête et un bras sur la bouche.

Étaient-ils deux ou un seul ? Si c'était Michael, celui qu'ils ont accueilli chez eux, elle serait folle de rage.

Peut-être que c'étaient Michael et l'autre, John, qui œuvraient de concert !

Elle n'aurait jamais dû leur faire confiance.

Elle se débattait à grands coups de pied, mais ses pieds ne touchaient rien du tout, pas même le sol. À n'entendre qu'une seule paire de pas, il n'y avait qu'un homme. Un homme grand, car il la portait très haut.

Et il ne sentait pas du tout comme le vague relent de whisky de Robbie. Il y avait de la sueur rance et quelque chose d'acre qui passait à travers l'étoffe de la cagoule.

Elle ne voyait rien et ne pouvait pas crier. Mais elle sentait des bras puissants qui la serraient avec force. Ces bras l'ont emportée dehors, dans l'air glacé de la nuit qui hurlait autour d'eux. Puis on l'a jetée sur un banc de bois bien solide.

Un instant plus tard, son corps a basculé. Quelque chose a

couiné — des roues ? Des sabots claquaient sur le sol. Elle devait être sur une charrette, car elle n'a entendu aucune porte se refermer, et il faisait affreusement froid ici.

Elle avait les pieds gelés. On l'a arrachée à son lit en simple chemise de nuit, sans chaussures. Même pas des chaussons.

Prudemment, elle s'est tortillée pour sortir la tête de la cagoule et confirmer ses soupçons. Un homme l'a bien enlevée. Il lui tournait le dos, et elle ne voyait que l'arrière de sa tête, garnie de cheveux filasses, alourdis par la neige fondue.

Ce n'était pas une charrette, mais un tombereau, avec des ridelles très basses. Ils allaient toutefois beaucoup trop vite. Si elle sautait maintenant, elle se briserait sans doute le cou.

— Hé, Michael, a-t-elle lancé. — Tu t'es trompé de mariée !

— Hein ?

Michael a regardé par-dessus son épaule, la mâchoire pendante, les yeux écarquillés de stupeur.

Mais ce n'était pas Michael, c'était quelqu'un d'autre. Peut-être que cet homme était John ?

— Assieds-toi et boucle-la, a-t-il dit.

— Tu arrives trop tard, lui a crié Edith pendant qu'il poussait le cheval. — Je suis déjà mariée. Je ne peux plus épouser Valtravers !

— Tu seras bien vite veuve, alors ferme-la.

Une peur glaciale s'est plantée dans Edith, plus mordante encore que la neige fondue qui tourbillonnait autour d'eux.

— Michael est de mèche ? C'est ça que tu veux dire ? a-t-elle imploré.

— Tais-toi. Maintenant !

Le tombereau a plongé dans un nid-de-poule et elle est tombée sur les planches.

Le colosse n'a pas ralenti le cheval, et ils ont fait une bonne allure jusqu'à Coldstream.

Des lumières brillaient à l'intérieur du relais de poste. Edith a saisi sa chance et a hurlé. — À l'aide ! Quelqu'un ! À l'aide !

John a tendu le bras en arrière et l'a giflée violemment. Elle a heurté le plancher du tombereau dans un grand boum. Le choc l'a clouée si longtemps qu'ils étaient déjà sur la route du sud avant qu'elle puisse crier de nouveau.

Le froid lui rongeait la peau. Elle a resserré autour d'elle sa maigre chemise de nuit. Ses dents claquaient de protestation. — S'il te plaît, laisse-moi partir. Tu n'obtiendras pas la prime.

— Si. Valtravers a promis l'argent, tant qu'on te ramène saine et sauve.

— Eh bien, je suis en train de mourir de froid pour le moment, alors tu n'auras pas ta prime si je suis morte.

— Je t'achèterai un manteau à Milfield, dit-il en haussant les épaules. — Maintenant, tais-toi, d'accord, il faut que je fasse mon plan.

— Ton plan est ridiculement bancal, dit Edith, désespérée de continuer à parler pour l'embrouiller. — T'as pas froid, toi aussi ?

Si elle ne parvenait pas à le convaincre d'arrêter, elle l'assaillirait de questions sans fin jusqu'à le rendre fou et il finirait bien par faire une erreur.

— Valtravers ne te paiera pas un sou, tu le sais. Il est endetté jusqu'à la cravate.

— Non, il ne l'est pas.

— Si, a répondu Edith avec aplomb.

Il n'y avait aucune chance que l'homme sache la vérité, mais elle broderait une histoire pour qu'il commence au moins à douter de l'accord.

— C'est pour ça qu'il tenait tellement à m'épouser, pour rembourser ses prêts et ses dettes de jeu.

— Alors comment m'a-t-il déjà donné la moitié ?

Sans se démonter, Edith a enchaîné :

— Tu l'as sur toi, maintenant ? Il te l'a vraiment donné ?

— Là, dans ma poche !

Il a tapoté sa poche.

Il n'y a pas eu le moindre cliquetis de pièces.

Il l'a tapotée de nouveau.

— Je te l'ai bien dit ! dit Edith.

Bon sang, est-ce qu'elle a deviné juste ? Il était temps qu'elle ait un peu de chance.

Puis il a tapoté l'autre poche et elle a entendu le bruit révélateur.

Chaque seconde, ils s'éloignaient un peu plus de Coldstream. Ils allaient encore à bonne allure, mais le cheval allait bientôt ralentir. Alors, elle pourrait sauter de la charrette et courir vers Coldstream.

— Tes parents étaient encore à Lammerton Hall, ils ont hâte de te voir aussi.

La mâchoire d'Edith la faisait souffrir à force de claquer des dents.

— Ils seront repartis chez eux, maintenant, en sachant qu'il n'y aurait pas de mariage. Je suis déjà mariée à un autre. Ça prendra plusieurs mois. Quoi qu'il arrive, ils ne remettront pas ma dot à Valtravers, il sera toujours criblé de dettes et toi, tu ne seras pas payé.

Cela le faisait ruminer pendant les minutes suivantes, et Edith commençait à espérer qu'il retrouverait la raison.

— Tu crois que tes parents ne paieront pas pour que tu reviennes saine et sauve ?

Edith était indignée de fureur.

— Tu vas les faire chanter ? C'est passible de la potence !

— Rien de tout ça, dit-il en reniflant. — Je demande simplement une compensation pour le retour sain et sauf de leur fille unique.

Edith a poussé un long gémissement et dit :

— Tu es vraiment stupide ! Ne t—

— Ne me traite pas de stupide !

Edith a touché une blessure profonde.

Michael a dit quelque chose à propos d'être là uniquement pour sa force. Est-ce que John en voulait pour ça, lui aussi ?

— On ne t'engage que pour ta force, pas pour ce que tu as dans la tête, a-t-elle insisté.

Il a poussé un « yaaarr » et a encouragé le cheval à accélérer pour continuer à les emmener vers le sud.

— Yarr, dit-il. Il a pressé de nouveau le cheval.

Edith avait pitié du cheval.

Bientôt, ils grimpaient la côte raide au sud de Coldstream. La charrette n'offrait aucune protection contre les éléments et Edith n'a jamais eu aussi froid.

— Je vais mourir gelée avant qu'on atteigne la prochaine ville, et je ne servirai plus à rien comme monnaie d'échange. Je t'en prie, fais demi-tour.

Il a rétorqué :

— Je t'ai dit que je te trouverais un manteau. Je peux louer une voiture dans la prochaine ville, et là on sera à l'abri du froid.

C'était de la pure folie. L'homme était complètement hébété et il se gelait peut-être le cerveau. Le cheval a trébuché et la charrette a tressauté. Edith a glissé en arrière mais elle était trop transie pour crier. Les ridelles basses de la charrette lui laissaient peu de prise. Le plancher, verglacé par le grésil, était glissant.

Ils ralentissaient, à cause de la côte raide que le cheval devait gravir.

— Tais-toi, dit John, on y sera bientôt.

Edith a regardé derrière elle pour voir si quelqu'un montait la côte derrière eux.

Robbie devait galoper pour la retrouver, non ?

S'il remarquait seulement son absence.

Il faisait si froid qu'Edith a tiré ses vêtements contre elle et s'est recroquevillée en boule, tassée au fond de la charrette. Ça ne changeait rien tandis que le vent hurlait et que le grésil fouettait de côté.

La charrette a de nouveau cahoté et elle n'a même pas poussé un cri de protestation. Ses dents claquetaient et elle a serré la mâchoire très fort pour les faire taire.

Quelques minutes plus tard, elle a cru entendre des sabots. Mais ce n'était peut-être que sa panique grandissante à l'idée que cet homme ne pouvait pas être raisonnable.

En le regardant sur le siège du cocher, John était recroquevillé en boule. Ses mains étaient crispées sur les rênes, comme gelées sur place.

Le pauvre cheval avançait, les hissant péniblement dans la côte.

Un autre gros cahot a projeté Edith plus près du bord de la charrette.

Elle a commencé à se glisser vers John, en espérant que son gabarit la protégerait un peu du vent.

C'est là qu'elle a enfin compris qu'il ne lui prêtait plus aucune attention. Il se recroquevillait tellement contre le froid que c'était tout comme s'il l'ignorait.

Sa poche, avec les pièces, était juste là.

Oserait-elle ?

Il pourrait se fâcher et la frapper. S'il faisait ça, il faudrait bien qu'il arrête le cheval, non ?

En approchant la main, elle devait faire attention à ne pas lui taper le flanc quand la charrette cahotait de nouveau. Ses doigts étaient si froids qu'elle ne pourrait peut-être même pas saisir la bourse.

Elle a glissé la main dedans ; ses doigts étaient si engourdis par le froid qu'elle n'avait aucune idée de ce qu'elle tenait.

— Hé ! cria-t-il.

Elle a retiré la main, stupéfaite d'avoir la bourse dans la paume. Une seconde plus tard, elle a glissé le long de la charrette et a retourné la bourse.

Des pièces se sont éparpillées et sont parties en tournoyant dans toutes les directions.

Fou de rage, il est monté sur la charrette pour ramasser son argent.

Le cheval avançait toujours.

Les roues sont passées sur un nid-de-poule et elle a sauté par l'arrière, dans l'obscurité.

Pieds nus, elle a atterri sur le sol glacé et détrempé et s'est mise à courir pour sauver sa peau.

Elle espérait que John continuerait à ramasser ses pièces, ce qui lui donnerait une avance. Pas le temps de se retourner, elle a dévalé la pente vers Coldstream, à l'aveugle.

Chaque pas envoyait des éclats de douleur dans ses jambes, ses pieds heurtant des pierres inégales et la boue. Le pouls battant à ses oreilles, elle a fini par se retourner pour voir si John la poursuivait.

Difficile à dire, mais lui au moins avait des bottes et pouvait sans doute courir plus vite qu'elle. Sans perdre davantage de temps, elle a continué à courir, chaque pas apportant une douleur neuve. C'était sa seule option : courir pieds nus jusqu'à l'auberge de relais de Coldstream s'il le fallait.

Le pas suivant a été si douloureux qu'un cri lui a échappé, et elle s'est maudite. Craignant que John soit tout près, elle s'est glissée dans les herbes gelées du bas-côté et s'est accroupie, redoutant que la brute l'ait entendue.

Était-ce son imagination ? Des chevaux arrivaient-ils ?

Le vent tourbillonnait tant qu'il était impossible de savoir d'où il venait. Et cela signifiait qu'elle ne savait pas si c'était de l'aide ou des ennemis.

En regardant par-dessus les hautes herbes, elle a vu la silhouette sans équivoque d'un homme à cheval. Il venait de Coldstream, ce qui était excellent.

S'il te plaît, que ce soit Robbie, pria-t-elle à mi-voix, en sortant de sa cachette.

Juste pour le voir la dépasser à toute allure.

— Attends ! cria-t-elle, mais sa voix était si faible et tendue qu'il ne l'a pas entendue.

— Attends ! a-t-elle répété.

Un autre cheval approchait. Elle s'est retournée et a vu quelqu'un avec une lanterne.

— Edie, c'est toi ?

— William ! appela-t-elle. — Robbie vient de passer devant moi, il ne m'a pas entendue.

— Ne t'en fais pas, dit-il.

Il a abaissé la lampe vers elle et elle a saisi l'anse. La chaleur a aussitôt fouetté ses mains gelées.

Une seconde plus tard, le coup de sifflet le plus perçant a retenti dans l'air.

Était-elle morte ou simplement à demi inconsciente ?

Le bruit d'un autre cheval qui approchait lui a donné la réponse.

— Edith ! Tu es saine et sauve !

— Robbie ! appela-t-elle d'une voix enrouée.

— Oh, ma chérie, tu vas bien, dit-il.

— Heureusement qu'elle n'est pas gelée raide, dit William.

En un éclair, Robbie est descendu de cheval et a enveloppé Edith dans quelque chose de chaud.

Il l'a serrée contre lui et a frotté vigoureusement ses mains le long de ses bras et de son dos pour relancer la circulation.

— Où est John ? a demandé Robbie, tandis qu'il tenait une flasque aux lèvres d'Edith.

Un instant plus tard, elle a avalé un liquide froid qui, soudain, lui a brûlé la gorge comme du feu. Elle a toussé, puis elle a senti la chaleur la ranimer. Elle a attrapé la flasque et en a repris une gorgée.

— Il monte la côte vers la ville suivante. Je lui ai volé ses pièces et je les ai répandues sur la route, puis je me suis éclipsée.

— On le poursuit ? a demandé William.

— Laissez-le, a dit Edith entre ses dents qui claquaient. Je veux juste rentrer à la maison.

Robbie a hoché la tête.

— On va te ramener au relais de poste, puis on préviendra tes parents dès demain matin.

Robbie est remonté à cheval. William a emmitouflé Edith comme un paquet et l'a soulevée pour la déposer dans les bras de Robbie.

Elle a bu une autre gorgée à la flasque, au chaud et en sécurité dans les bras de l'homme qu'elle aimait.

Bon sang.

Cette révélation aurait dû la réveiller en sursaut. Au lieu de cela, cela l'a apaisée au point de l'endormir. Elle l'aimait.

Cela lui paraissait naturel, et bon.

Robbie tenait Edith serrée, en relâchant les rênes pour garder ce qui comptait le plus. Sa femme.

Comme c'était étrange de se sentir ainsi. Il ne s'était jamais senti comme ça auparavant.

Qui aurait cru que l'aventure qu'il avait prévue le ramènerait chez lui, avec une cargaison si précieuse ?

De temps à autre, William, qui chevauchait à ses côtés, se retournait pour voir si John les suivait.

— C'est bizarre qu'il ne soit pas à nos trousses, a dit William.

— Oui, a-t-il dit.

Robbie ne tenait pas ce répit pour gagné d'avance.

— Continue de vérifier quand même. Je ne me reposerai pas avant qu'on soit au Coldstream Inn.

William a ensuite demandé :

— Il te reste un peu de ton whisky ? Je suis transi.

Robbie le lui a tendu bien volontiers. Il n'avait pas besoin de whisky pour se réchauffer. La certitude qu'Edith était en sécurité dans ses bras s'en chargeait.

— Il devrait vraiment être à nos trousses..., a dit William en regardant de nouveau par-dessus son épaule.

— On sait que ce n'est pas une lumière.

— Quand même, on pourrait croire...

Le clop-clop des sabots et le roulement des roues sur la route devenaient plus forts.

William avait de nouveau la lanterne et il l'a tendue pour voir.

Le cœur prêt à s'emballer pour la fuite, Robbie a orienté son cheval de façon à pouvoir repartir vers Coldstream, au cas où ce serait John.

Bon, c'était un cheval, attelé à une charrette. Il a trotté juste devant eux, sans conducteur.

— C'est la charrette qu'il a prise ?, a demandé William.

— Je crois bien. Robbie ne comprenait pas pourquoi l'animal se retrouvait seul. Est-ce qu'il a pris peur et a désarçonné John, ou bien est-il arrivé autre chose ?

— On ne peut pas y faire grand-chose maintenant, a dit William. Autant la ramener d'abord à la maison, hein ?

Ils ont repris la route de Coldstream au pas. Aller plus vite risquait d'épuiser leurs montures transies, et Robbie craignait de lâcher Edith s'ils accéléraient.

La pluie glacée mêlée de neige et le vent leur mordaient le visage. À Coldstream, un immense soulagement a envahi Robbie à la vue de la lueur chaleureuse du relais de poste.

— Je retourne auprès de Maggie, a dit William. Vous devriez rester à l'auberge pour la nuit.

C'était une excellente idée. Il leur fallait encore une demi-heure pour atteindre la maison, et il n'était pas sûr qu'Edith supporterait le froid plus longtemps.

Et puis, William voudrait peut-être un peu d'intimité avec sa jeune épouse.

Edith a commencé à reprendre ses esprits. Son cœur s'est envolé à ce très bon signe.

L'aubergiste l'a reconnu aussitôt et a fait apporter des couvertures supplémentaires.

— Je peux vous donner la même chambre qu'ils ont eue il y a deux jours, a-t-il dit.

— Pour l'instant, on va s'asseoir près du feu, a dit Robbie, en portant sa femme emmitouflée jusqu'aux sièges près de l'âtre.

Un bon feu rayonnait ; des flammes d'un jaune profond et rouges lui réchauffaient le visage et lui réchauffaient le sang.

— Chère Edith, on est en sécurité à l'auberge, a-t-il dit.

Elle a cligné des yeux plusieurs fois puis elle a souri.

— Les pieds.

— Quoi ?

— Les p-pieds gelés.

Robbie a découvert ses jambes, choqué de voir ses pieds nus et couverts d'ampoules.

— Oui, ma belle, je suppose qu'il s'est dit que, sans chaussures, tu ne pourrais pas t'enfuir ?

— Tellement mal.

Il y avait quelques habitués dans la salle. En quelques instants, ils ont formé une petite équipe, apportant des seaux d'eau tiède et des chiffons pour lui laver les pieds. La femme de l'aubergiste a apporté un bol de bouillon fumant.

Avec bien des ménagements, Robbie lui a lavé les pieds. Ils étaient entaillés par la marche sur les cailloux, mais rien d'irrémédiable. Avec le temps, elle allait se faire des callosités plus épaisses pour la protéger dans ces climats plus rudes. Tout de même, pour une délicate fleur anglaise, elle avait montré une vraie trempe en fuyant comme elle l'a fait.

Au fond de lui, il ne pouvait pas s'empêcher de se demander ce qui est arrivé à John. Pourquoi il n'a pas choisi de se joindre à eux dès le départ pour gagner sa vie honnêtement, au lieu de faire de temps à autre des travaux dangereux.

Avec un soupir, il a supposé qu'un homme d'une telle carrure n'avait ni le temps ni le bon sens pour réfléchir correctement. Il n'avait clairement pas beaucoup de jugeote s'il pensait pouvoir aller bien loin sur un cheval et une charrette dans ces conditions.

Comme Edith se réveillait un peu plus, il lui a tendu le bouillon.

Une main frêle a émergé de ses couvertures et elle en a siroté à petites gorgées.

— Merci, a-t-elle dit entre deux gorgées. C'est tellement réparateur.

Robbie a rayonné en la voyant si vaillante, à présent. Elle lui a fichu une belle frousse, tout à l'heure.

C'était un bouillon clair, mais son contenu devait être bon et savoureux, puisqu'elle a continué jusqu'à ce que le bol soit presque vide. Quand il n'en est plus resté qu'un fond, elle a fait signe à Robbie de l'emporter.

— Merci, a-t-elle dit.

La femme de l'aubergiste est venue poser une main sur le front d'Edith. Robbie se demandait comment cette dame saurait si elle était simplement réchauffée par le feu ou si elle développait une fièvre à force d'exposition aux éléments. Peut-être n'était-ce qu'un geste de circonstance ? Quoi qu'il en soit, il savait que les gens autour de lui faisaient leur part pour aider, et il lui en était reconnaissant.

— Elle a besoin de repos, maintenant, a dit la femme en lançant à Robbie un regard sévère.

Comme s'il était responsable de ses blessures !

—Je vais la monter à l'étage, madame.

— Du repos ! a-t-elle insisté. Je sais que vous êtes tout juste mariés, mais elle doit d'abord se reposer.

— Je t'ai entendue la première fois, a-t-il dit.

Il a de nouveau soulevé Edith dans ses bras et l'a portée à l'étage jusqu'à leur chambre. Le lit, c'était pour elle, et lui comptait s'asseoir par terre toute la nuit pour s'assurer qu'elle était à l'aise. Il comptait rattraper son propre sommeil une fois tout cela terminé.

CHAPITRE 12

Edith entendait la belle voix apaisante de Robbie à travers le brouillard du sommeil.

— Je suis vraiment désolé de ne pas avoir écouté tes avertissements, a dit Robbie. Ça n'arrivera plus jamais.

Edith devait encore rêver, car elle était convaincue qu'elle a entendu Robbie s'excuser abondamment. Et cela n'arrivait tout simplement pas. Pas d'après son expérience. Les hommes n'écoutaient pas les femmes comme elle. Et ils n'étaient *jamais* désolés.

— Dieu merci, tu es réveillée, a-t-il dit, tandis que ses yeux s'ouvraient.

Devait-elle lui raconter son rêve ? Il allait probablement rire d'elle et lui dire qu'elle était ridicule.

Elle a sorti la main de sous la couverture, pour écarter ses cheveux de son visage et se redresser.

Robbie a saisi sa main et l'a pressée entre les siennes.

— Je le pense vraiment. Tu avais raison, et je ne t'ai pas écoutée.

Edith a cligné des yeux.

Ce n'était pas un rêve.

Peu à peu, elle a commencé à sourire.

— À propos de quoi ?

— John, pour commencer. Il a posé ses lèvres sur la main qu'il tenait prisonnière.

— Tu craignais qu'il fasse quelque chose de dangereux, et je ne t'ai pas écoutée. Je me suis promis de ne plus jamais laisser cela arriver. Pardonne-moi, s'il te plaît.

Edith s'est frotté les tempes. Il avait l'air si accablé de remords qu'il devenait impossible de rester fâchée.

— Je m'inquiétais surtout qu'il vienne pour toi, pas pour moi, a-t-elle dit avec un sourire. Qu'est-ce qui lui est arrivé ?

— La diligence l'a trouvé sur le bas-côté et a renvoyé des hommes pour le récupérer. Ils ont trouvé une bourse serrée dans ses mains et quelques pièces...

Oh là là, quelle fin affreuse. Edith a frissonné.

— Tu as froid ?

— Non, ça va, je suis juste triste et... soulagée que ce ne soit pas mon sort. Elle a pensé à tout ce qu'elle a traversé jusqu'ici, et à tout ce qui peut encore venir. — Tu sais, dans toute ma vie, je ne crois pas que quelqu'un m'ait vraiment écoutée. Et puis toi, tu l'as fait, pour mon idée de créer un moyen de libérer plus de femmes de mauvais mariages... Franchement, j'ai cru que tous mes vœux se réalisaient.

— C'est une excellente idée, vraiment.

Le cœur au bord des lèvres, elle devait savoir.

— Mais tu t'y intéresses simplement parce que j'ai de l'argent ? Enfin, pas beaucoup sur moi maintenant, mais j'en aurai.

Cette conversation pouvait sceller un partenariat magnifique, ou marquer le début de la fin pour eux. Tant de choses dépendaient de sa réponse.

— À l'époque, j'ai dit que c'était brillant. Je maintiens. Oui, parce qu'il y a de l'argent à la clé — et ça, c'est honnête aussi. On aura besoin de cet argent parce qu'en faisant ça, on va se faire des ennemis et ça ne sera pas donné. Mais aussi parce que je prendrais un plaisir personnel à ruiner les alliances anglaises.

Edith a senti ses yeux s'écarquiller.

— Ne me regarde pas comme ça, tu as voulu que je sois honnête, et je le suis. Demande à n'importe quel Écossais et il dirait la même chose.

Edith a maîtrisé ses traits et a dégluti.

— Tu as raison, je t'ai bien demandé d'être honnête, alors je vais écouter ton explication.

Elle a même ralenti sa respiration pour pouvoir l'entendre par-dessus les battements affolés de son cœur.

— Edith, ma chérie, l'autre raison pour laquelle c'est une si bonne idée, c'est que tu seras vraiment douée pour ça. Tu connais ces types de femmes qui auront besoin de nos services. Et...

Sa voix s'est enrouée un peu sous l'émotion.

— ... tu sauveras des femmes parce que c'est la chose juste. Tu remettras les choses en ordre et tu seras une championne des sans-voix.

Des larmes de joie ont embué son regard.

— Oh non.

Il lui a lâché la main.

— J'ai tout gâché, hein ? Bon, tu m'as demandé la vérité et je te l'ai donnée. Je ne mentais pas.

— Merci.

Edith a attrapé le bord du drap et s'est essuyé les yeux.

— Ce sont des larmes de bonheur.

— Oh ! a-t-il crié, puis il a souri largement. — Alors j'ai dit la bonne chose ?

C'était absolument le cas.

— Oui. Tu m'as vraiment écoutée, et c'est exactement ce que je rabâche depuis tout ce temps. Merci.

Edith s'est penchée en avant et, à son immense soulagement, Robbie a fait de même en se rapprochant d'elle.

— Ce ne sera pas forcément un mariage conventionnel, a-t-elle dit, les lèvres entrouvertes, mais je pense qu'on peut y arriver.

La tension crépitait entre eux.

— Tu peux m'embrasser maintenant, a-t-elle dit. Si tu veux.

— J'aimerais beaucoup, a dit Robbie.

Mais après encore quelques respirations sans qu'ils s'embrassent, la frustration d'Edith a pris le dessus.

— Pourquoi tu ne m'embrasses toujours pas ?

— Eh bien, j'écoutais si attentivement que je ne voulais rien rater.

Edith a comblé le mince espace entre eux et a posé ses lèvres sur les siennes.

Sa réponse a prouvé, hors de tout doute, qu'il serait le partenaire idéal de sa vie.

Quelques jours plus tard, quand Edith était remise et pouvait marcher, elle est descendue à la salle commune pour le petit-déjeuner.

La pièce était décorée de branches de pin, ce qui lui donnait un parfum incroyable. Sur la grande table, un festin s'étalait.

Robbie se réchauffait le derrière près du feu. Son visage

s'est illuminé de joie quand il l'a vue. Edith est allée à lui et l'a enlacé avec enthousiasme.

— Ça te plaît ? a-t-il demandé.

— C'est incroyable, il y en a assez ici pour nourrir tout le village.

— Oui.

Il s'est penché et a murmuré à son oreille.

— Joyeux Noël, mon amour.

— Oh bon sang, c'est déjà la veille de Noël ?

— Oui. Comment tu te sens ?

— Beaucoup mieux, a-t-elle répondu, franchement.

Puis, comme il la regardait toujours, elle s'est rendu compte exactement de ce qu'il voulait dire par là.

— Oh... ça...

La chaleur a envahi son visage et sa nuque à cette idée.

— Et si je nous préparais une assiette et qu'on la remontait dans la chambre.

— Ça me plaît, a dit Robbie.

Ils sont montés à l'étage à toute vitesse pour commencer leur vie de jeunes mariés.

Notes de l'auteur

Mes chers lecteurs,

J'espère que vous avez passé un merveilleux moment en compagnie de Hannah et Patrick, à les suivre sur le chemin de leur bonheur éternel. Pendant mes recherches pour cette histoire, je me suis plongée dans un dédale de rapports datant de l'époque où le pont de Telford n'avait pas encore rendu le voyage beaucoup plus facile. La route menant au pont était dans un état épouvantable, et pourtant, c'était la principale voie de communication entre Dublin et Londres.

Le rapport du chapitre 1 sur l'état déplorable de la route traversant une partie du nord du pays de Galles et reliant Londres à Holyhead chiffrait le coût des réparations à 46 540 £ 18 s. 7 d. Cela représente environ 3,5 millions de livres sterling en 2025, ce qui ne semble pas si énorme, si l'on considère l'augmentation des prix de l'immobilier due à l'inflation. Soit dit en passant, cela n'inclut ni les matériaux ni la main-d'œuvre pour la construction du pont.

La route de Holyhead

L'Acte d'Union de 1800, qui unifia la Grande-Bretagne et l'Irlande, a fait naître le besoin d'améliorer les voies de communication entre Londres et Dublin. La loi sur les routes de Holyhead de 1815 (Holyhead Roads Act) a autorisé le rachat des droits des routes à péage existantes et, si nécessaire, la construction d'une nouvelle route pour achever le tracé entre les deux capitales. Ce fut le premier grand projet civil de construction routière financé par l'État en Grande-Bretagne depuis l'époque romaine. La responsabilité de la mise en place de ce nouvel itinéraire a été confiée au célèbre ingénieur, Thomas Telford.

Dans le nord du pays de Galles, Telford a suivi les routes existantes à de nombreux endroits, mais il a également construit de nouvelles liaisons, notamment le pont suspendu de Menai pour relier le continent à l'île d'Anglesey et la digue de Stanley jusqu'à Holyhead sur l'île Holy.

La route de Telford a été achevée avec l'inauguration du pont suspendu de Menai en 1826.

Plus d'informations ici :

RÉCITS DE PREMIÈRE MAIN

Ce que j'adore par-dessus tout dans l'histoire, c'est de lire des témoignages directs sur la vie des gens de l'époque. Je suis tombée sur une mine de commentaires de voyageurs ici : https://sublimewales.wordpress.com/places/holyhead-and-the-irish-sea/, qui m'ont à la fois fascinée et horrifiée. Certains ont passé un merveilleux séjour et l'ont raconté à qui voulait l'entendre. D'autres se sont plaints tout au long du voyage et ont voulu se défouler, tout comme le font les gens aujourd'hui lorsqu'ils laissent des avis négatifs sur Tripadvisor.

Voici quelques-uns de mes récits de voyageurs préférés de cette époque :

1810

« L'auberge de Bangor Ferry est isolée et délicieusement située sur une rive escarpée de la rivière qui sépare le Carnarvonshire de l'île d'Anglesea.

L'auberge est des plus excellentes, et en raison de ses bonnes commodités et de sa situation agréable, elle est bien trop petite pour ses nombreux visiteurs, dont beaucoup sont des personnes de haut rang voyageant vers ou depuis l'Irlande avec une grande suite de domestiques. Il est donc recommandé aux personnes ayant l'intention de dormir à Bangor Ferry d'arriver le plus tôt possible dans la journée afin de s'assurer un logement, aucune autre auberge ne se trouvant à proximité ; car, malgré toute la bonne volonté dont l'aubergiste de cette maison fait preuve depuis longtemps pour satisfaire la clientèle, il ne peut recevoir plus de personnes que ses locaux ne le permettent, ce que les voyageurs, dans la colère de l'impatience et de la déception, ne sont pas toujours enclins à comprendre.

La façade de la maison côté jardin offre une vue des plus charmantes sur la rivière et le paysage boisé qui fait la renommée de ces environs, et une promenade joliment aménagée à travers un bosquet mène à la rive, où un bateau pour les passagers et un autre pour les voitures et les chevaux sont toujours disponibles. Le coût de la traversée pour chaque personne est d'un shilling et pour une voiture, de deux shillings et six pence par roue. Les voitures étant embarquées sans que les roues ou les bagages soient retirés, on perd très peu de temps, et celui passé à traverser la rivière n'excède que rarement quelques minutes, ce qui, en raison de l'extrême beauté de la scène, est généralement un sujet de regret pour les passagers, qui voudraient que cela dure plus longtemps.

Pour la commodité des personnes se rendant à Holyhead, il y a, sur la rive opposée, une vaste série d'écuries et d'autres dépendances appartenant au propriétaire de l'auberge, et lorsque des chevaux ou des voitures doivent être prêts, l'ordre est donné à l'aide d'un grand porte-voix.

…

Le lieu suivant et dernier avant la traversée vers Dublin est HOLYHEAD, qui est une ville pauvre et misérable dans une contrée lugubre, avec un port très mauvais et sale. On y trouve une bonne auberge tenue par un certain Spencer, où toute l'attention possible est portée à la clientèle qui la fréquente, dans un lieu sujet à une agitation aussi incessante que celle qui doit accompagner l'arrivée et le départ constants d'un si grand nombre de familles et d'individus qui vont et viennent d'Irlande.

La société, l'hospitalité et l'amitié, qui peuvent donner du charme à la scène la plus lugubre et faire sourire même le désert le plus aride, j'en ai ici trouvé le plein effet dans l'attention aimable, généreuse et distinguée du capitaine Skinner, qui réside à Holyhead et commande l'un des paquebots (le Dublin).

Comme rien de ce que je pourrais dire du capitaine Skinner ne saurait ajouter à l'estime dont il jouit auprès de ceux qui le connaissent, ni donner une idée juste de son mérite à ceux qui n'ont pas ce plaisir, je ne tenterai pas son éloge. »

Les paquebots appareillent chaque jour à tour de rôle, dans l'heure qui suit l'arrivée de la Malle-poste de Londres, qui arrive généralement vers deux heures de l'après-midi, et de nombreuses personnes, fatiguées par leur voyage, qui souhaiteraient dormir à Gwyndy, se précipitent souvent le soir vers

Holyhead avec une hâte inutile, faute d'information sur l'heure de départ des paquebots.

Les navires, qui sont équipés avec une attention remarquable pour le confort des passagers, avec des cabines séparées pour les dames, sont considérés comme étant aussi sûrs que n'importe quel bateau naviguant en mer, de par leur construction, le soin apporté à la sélection de leurs commandants et le fait qu'ils sont armés par des marins expérimentés. Ils disposent également de bons aménagements, à un prix inférieur, pour les personnes de diverses conditions, ainsi que d'un espace suffisant pour le transport en toute sécurité des chevaux et des voitures.

Jefferys, Nathaniel, *An Englishman's Descriptive Account of Dublin, and the Road from Bangor Ferry to Holyhead ...* (Londres, 1810), pp. 19-34

1811

Le chimiste Humphry Davy (1778-1829) a voyagé en Irlande et a décrit son périple à travers le pays de Galles à Mrs. Apreece.

« Holyhead, 14 octobre 1811.

Les deux premiers jours de notre voyage à travers le pays de Galles ont été pluvieux et orageux, mais nous avons profité sous le soleil du paysage magnifique entre Llanroost [Llanrwst] et Bangor. Les rivières étaient en crue, les ruisseaux étaient devenus des torrents, et les chutes de la Conway et de la Lugwy étaient les exemples les plus grandioses de cataractes de montagne que j'aie vus. La Lugwy était aussi chargée d'eau que la Wye en ces jours délicieux où nous avons navigué jusqu'à Monmouth. La chute est de près de soixante mètres, dont au moins dix-huit mètres à la verticale. Les rochers sur lesquels la rivière se déverse forment de grandes masses, le vallon est revêtu de chênes, d'ifs et de sapins, et d'un sous-bois pourpre de bruyère ou brun de fougère morte. Le Snowdon s'élevait au-dessus, drapé de nuages d'où l'on pouvait imaginer que le torrent prenait sa source, et il se perdait dans des nuages d'écume en contrebas de la chute. Le soir, en passant par Capel Carrig, nous avons vu le Snowdon s'élever au-dessus de nuages d'un blanc immaculé, et une partie de celui-ci était cachée dans des nuages d'un orange vif. Rien ne pouvait surpasser la sublimité de cette scène. »

1812

28.7.1812 Holyhead

« Pour ce grand carrefour des communications entre les pays frères, je m'attendais à trouver une ville maritime gaie, peuplée, regorgeant de divertissements et de sujets d'observation. ... Grande, donc, fut notre déception lorsque, au lieu d'un Brighton ou d'un Ramsgate, nous avons été conduits dans une ville plus misérable que toutes celles que nous avions vues jusqu'alors. Une brume lugubre qui tombait sans cesse ajoutait à la morosité de son apparence, et nous sommes descendus dans une auberge bondée d'hommes en grands manteaux et en combinaisons de travail. ... L'aubergiste nous a informés que chaque pièce et chaque couloir de sa maison était plus que bondé. Rien ne pouvait être plus évident, aussi nous avons été contraints de nous poster sur les marches dans l'attente du premier logement qui se libérerait lorsque le paquebot appareillerait, ce qui n'était pas prévu avant tard dans la soirée. Après avoir erré pendant trois ou quatre heures, nous sommes heureusement tombés sur un ancien camarade de l'école de Harrow qui s'apprêtait à s'attabler pour dîner avec un groupe de six ou sept autres personnes.

Hammond, William Osmund, Journal of a Tour in Wales and Ireland, NLW, 24023A, ff. 87-92

1813

Ce compte rendu détaillé de Holyhead est basé sur une visite d'une journée et sur des informations tirées de sources publiées et de récits locaux.

En chemin, nous sommes passés devant une chapelle méthodiste, qui était non seulement pleine à craquer, mais aussi entourée d'une foule d'hommes et de femmes assis à l'extérieur, hors de portée de vue ou d'ouïe du prêcheur, mais qui, à en juger par leurs regards désespérés, semblaient communiquer avec lui par quelque lien mystique. Ils appartenaient à la secte des anabaptistes, communément appelés les Plongeurs. J'ai remarqué quelques très jolis visages parmi les femmes, mais avec une expression de tristesse des plus inconvenantes et contre nature, qu'un chevalier errant de la plus pure tradition aurait sans doute vengée en sacrifiant sur-le-champ le misérable qui, trônant dans sa chaire en tant qu'interprète de la grâce pour sa congrégation anxieuse, n'avait le pouvoir que de les renvoyer le cœur lourd et le visage sombre.

À notre arrivée à Holyhead, nous avons trouvé un logement misérable dans une grande auberge sale et mal approvisionnée, ce qui était bien moins gênant pour nos sens aguerris et émoussés en la matière que cela ne doit l'être pour les voyageurs fatigués et atteints du mal de mer venant d'Irlande. Ici, les gens sont généralement à la merci de la ponctualité rigoureuse de la diligence ou du paquebot ; et, par conséquent, s'ils ont le temps de se plaindre, ils n'ont pas celui d'attendre réparation ; et s'ils ne souffrent pas en silence, ils murmurent en vain. ... La situation de Holyhead est singulièrement morne et inconfortable.

...

Les enfants s'étaient éloignés de la maison pour jouer et avaient grimpé dans une petite charrette qui se trouvait près de l'extrémité est de l'île, laquelle descend en pente raide jusqu'au bord de la falaise. En chahutant, ils ont mis la charrette en mouvement, et, par une impulsion soudaine et étrange, car ils n'étaient ni alarmés ni conscients du danger, ils ont tous sauté et se sont échappés juste avant qu'elle ne soit précipitée par-dessus la falaise et ne soit réduite en miettes. Un mur a depuis été construit le long du bord du précipice à cette extrémité de l'île, mais tous les autres côtés sont sans protection, et cela reste un terrain de jeu des plus périlleux pour les enfants. »

Ayton, Richard, *A Voyage Round Great-Britain, Undertaken in the Summer of 1813 ... with a Series of Views ... by William Daniell*, vol. 1 (Londres, 1814), pp. 195-211

1813

Le 13 juillet [1813], j'ai quitté Tavistock Row pour Dublin, dans une voiture de voyage, en compagnie de Mme Horrebow, de M. Addison et de Henry Horrebow.

J'ai voyagé lentement et par courtes étapes (étant toujours très malade) et, le septième jour, j'ai atteint Holyhead et je suis descendu au Stanley Arms, tenu par M. Spenser, de la part de qui, ainsi que de sa famille, j'ai reçu les plus grandes attentions. Je suis resté neuf semaines dans son établissement, car j'étais incapable de traverser la mer sans, m'a-t-on dit, risquer ma vie.

Pendant mon séjour, un petit bonhomme, qui était devenu un de mes grands amis, me rendait visite tous les matins. Il incarnait le vieil adage selon lequel la beauté est dans les yeux de celui qui regarde. Ce drôle de petit bonhomme, surnommé par les habitants de Holyhead « Billy-in-the-bowl », bien qu'étant nain et ayant perdu ses deux jambes, ou plutôt, n'en ayant jamais eu, se déplaçait en rampant, littéralement assis dans un plat creux ; pourtant, malgré ses difformités, il a séduit le cœur d'une belle Galloise, qui le voulait pour le meilleur et pour le pire. Son père, un riche fermier, lui a offert une belle dot et un jeune et bel homme pour mari ; mais non ! Elle ne voulait que Billy-in-the-bowl. Elle lui a donné deux beaux garçons et elle est, me dit-on, encore aujourd'hui, très jalouse de lui.

Le 25 août, ayant quelque peu recouvré la santé, bien que toujours affligé par la goutte et incapable de m'aventurer en mer, j'ai quitté Holyhead pour la résidence du comte de Guilford, Wroxton Abbey [près de Banbury].

Nous avons traversé le détroit de Bangor, et j'ai envoyé Henry Horrebow chez Jackson pour trouver des chevaux ; nous avons laissé ceux qui nous avaient amenés de Gwindy de l'autre côté du détroit. J'étais encore seul sur la plage, dans la voiture, incapable de bouger à cause de ma goutte. La marée montait rapidement ; il n'y avait âme qui vive en vue pour me tirer de ce que je considérais comme une situation périlleuse, car à chaque instant je m'attendais à voir la voiture flotter et être emportée par le courant. Finalement, l'arrivée des chevaux m'a soulagé de mes appréhensions et j'ai poursuivi ma route vers Aber, à environ treize kilomètres de Bangor, où j'ai dîné et dormi au Bull, une charmante auberge galloise — l'accueil y était excellent et l'endroit tranquille et pittoresque.

Kelly, Michael, *Reminiscences of Michael Kelly of the King's Theatre and Theatre Royal Drury Lane*, vol. 2, (Londres, 1826), pp. 278-281

1816

À Gwyndu, une auberge à environ dix-neuf kilomètres de Holyhead, un endroit sinistre, le royaume de l'extorsion. Heureusement, notre séjour a été de courte durée, le paquebot étant prêt à appareiller trois heures après notre arrivée ; nous avons donc embarqué avec plaisir et, après environ vingt-deux heures d'une agréable traversée, nous sommes arrivés dans la baie de Dublin.

Stringer, Thomas, Irish Extracts... *The European Magazine, and London Review*, Volume 70, novembre 1816, pp. 393-394

1818

Cette ville [Holyhead] s'est beaucoup développée depuis que je l'ai vue en 1794.

Les gens sont un peu mieux habillés ; [tenue vestimentaire] les étoffes sont de meilleure qualité, pas de frise — les hommes sont mieux vêtus que les dames. Nous avons croisé plusieurs dames, jeunes et vieilles, se rendant au marché sur leurs poneys en montant en amazone. Hier soir, nous avons rencontré une mère et sa fille avec un seul poney qu'elles montaient à tour de rôle. Les paysans ne valent pas mieux que les nôtres, aussi sales — pas aussi beaux — d'allure paresseuse. Mauvaises maisons, etc. ; de nombreuses femmes portent un chapeau d'homme en feutre avec un ruban noir. Les villes que nous avons traversées étaient très laides, sauf Oswestry et Bangor, toutes deux prospères.

Anonyme [d'Irlande], Copies de lettres d'un voyage, apparemment d'affaires, par un natif de Dublin

NLS MS 2795 George Nielson collection, f. 74

1818

J'ai eu l'occasion de traverser la Manche plusieurs fois, et je l'ai traversée maintenant, pourrais-je presque espérer, pour la dernière fois. Bien que nous soyons en plein été, un véritable ouragan s'est levé ; car telle est ma chance que je ne prends guère la mer sans qu'une tempête ne se déclenche comme à dessein. Je ne suis pas un Énée errant, je le vois depuis long-temps, mais un favori du destin.

Le vent était d'abord favorable, et comme on dit que Satan le fait avec ses dévots, il nous a tentés au large pour ensuite nous tourner le dos. Nous avons viré de bord, j'ose le dire, une centaine de fois, et pendant trente heures, notre petit navire a été ballotté dans une agitation incessante. Je ne me souviens pas d'avoir jamais été témoin d'un tel mal de mer, et le spectacle était suffisant pour dégoûter à jamais de la mer… une sensation d'horreur inexprimable habitait cette pensée, et le mécontentement, la maladie, et tous les sentiments de l'âme s'évanouissaient devant l'horreur instinctive de la nature face à une mort soudaine et violente.

Gamble, John, *Vues de la société et des mœurs dans le nord de l'Irlande dans une série de lettres écrites en 1818*, (Londres, Longman, 1819), pp. 58-59

1818-1819

Nous avons débarqué tôt ce matin à Holyhead. La ville est petite et semble en déclin. Sa situation est agréable, au fond d'une petite baie, mais son insularité et le manque de commerce empêchent toute croissance ; et le maigre avantage tiré des paquebots irlandais semble à peine suffisant pour la préserver. J'ai remarqué dans la ville une petite école nationale. Après avoir déjeuné à l'auberge et payé au moins une demi-douzaine de pourboires aux intendants et sous-intendants, porteurs, douaniers et domestiques, j'ai pris place dans la diligence de Chester, avec trois passagers à l'intérieur — un capitaine P. et deux dames — qui se sont tous révélés être des personnes agréables et distinguées.

Griscom, John, *Une année en Europe, comprenant un journal d'observations en Angleterre, en Écosse, en Irlande, en France, en Suisse, dans le nord de l'Italie et en Hollande en 1818 et 1819*, tome 2, (New York, 1823), p. 488-489

À PROPOS
D'EBONY OATEN

Ebony Oaten aime l'histoire, mais n'aime pas la vivre.

Elle est particulièrement heureuse de ne pas avoir vécu à l'époque de la Régence, car elle serait très probablement morte dans son enfance d'asthme, ou de quelque chose d'horrible comme la diphtérie. Dans le cas improbable où elle aurait atteint l'âge adulte, elle aurait probablement été une fille de cuisine ou une simple servante, car elle « parlait trop et ne faisait pas attention » parce que le diagnostic du TDAH n'avait pas encore été inventé.

Saviez-vous qu'Ebony écrit également des romances douces de la Régence ?

www.ebonyoaten.link

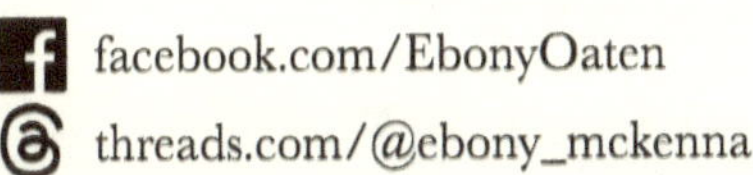

facebook.com/EbonyOaten

threads.com/@ebony_mckenna

DU MÊME AUTEUR

COURS COMPLIQUÉES

Romans d'amour doux et courts sur la Régence

1. Un Marquis Déguisé

2. Comte Surprise

3. Un Trésor pour Mlle Penhurst

4. La Détermination D'acier de Mlle Remington

5. Le mariage, écrit-elle

6. Sa tentation de Noël

7. Tous les chemins mènent aux Earls

PAS SOUS MA SURVEILLANCE

(titre provisoire)

Nouvelle série de romans d'amour

1. Amoureux en fuite

Une nouvelle série de romans d'amour plus longs mettant en scène des mariées en fuite et des sauvetages in extremis, parfois alors que la mariée est sur le point de descendre l'allée !

Le saviez-vous ? Ebony écrit également des romans à l'eau de rose sur le thème de la Régence. Vous pouvez commencer à lire ces romans ici

:

NUITS CHAUDES

des romans de régence courts et sexy